Vendedor de ilusões

Chico Jurubeba prefeito por acaso

Rogério Pereira

Ano de pulicação
2014

Aventura, suspense e folclore

[No centro da Amazônia]

5586 SILVA, Raimundo Pereira.da

Vendedor se ilusões/Chico jurubeba prefeito por acaso/ Raimundo Pereira da Silva; 1ª. Mãe do Rio, PA: Edição Independente, 2014

195p.;148x210 mm

1.   Pedido absurdo; 2. Noite de quinta-feira; 3. Antes a quimera, à sina do castanheiro; 4. O teu algoz vai te apunhalar.

1.   Título

CDD:800

CDU:82-1/-9G

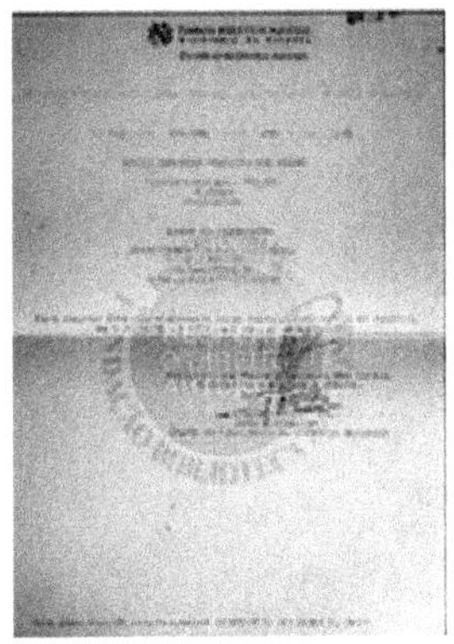

Sumário

Pedido absurdo
Fala, fala infernal
Um galo piroca
Jajá estava decidido
A mesa pagou o pato
Noite de quinta-feira
Nem tudo estava perdido
Antes a quimera, à sina do castanheiro
Aquela missa tinha algo diferente
A diabólica oração da cabra preta
Em frente a capela
Na casa do Coronel
Mulher cheia de artimanhas
Interessado no assunto
No bar Tubarão
A grande aposta
O teu algoz vai te apunhalar

Ao tomar banho fora de horas num pequeno mais misterioso igarapé. Veja o que aconteceu depois do banho, ao chegar em casa começou a doer minha cabeça. Tomei um chá forte e me deitei, logo adormeci, parecia que tinha levado um tiro na fronte e para complicar ainda mais alguém de voz grave me torturava falando o tempo todo no pé do ouvi- do. De início, não dava para saber de quem era a voz, mas aos poucos fui percebendo se tratar de meu com- padre coronel Tibúrcio. Ele estava querendo se candidatar a prefeito do Município onde morávamos. Mansidão na fala, ele chegava perto de mim e dizia:

PEDIDO ABSURDO

_Compadre Chico! -Falou o Coronel, voz afinada e compassada, suavemente mão no ombro de seu compadre. Com intensa saraivada de perguntas metralhou seu compadre Chico que acabara de atender um freguês e sem entender de que o compadre estava tratando; pisco um olho, abri o outro, deu uma cuspida no chão, olhou para um lado, para o outro e voltando o olhar ao compadre, disse:

_Você está doido, homem? Eu não quero nada e quero muita coisa; quero que você trabalhe por todos nós! Trabalhe, trabalhe e trabalhe! -Impedindo que Chico continuasse a falar, o coronel respondeu:

_Meu dileto compadre, estou lhe fazendo um convite! Quero que você faça parte da minha turma de trabalho. O senhor é um homem inteligente, sabe o que diz, sabe o que faz, pisa no chão devagar, não é assanhado, tem prestígio..., é querido por todos!

_Não sei não, compadre, não tenho jeito pra essas coisas. -Falou Chico, mostrando perturbação na voz.

_Pense bem, compadre! Amanhã à noite, vai ter uma reunião na minha casa, digo, nossa casa, o senhor está convidado para fazer parte da conversa. Certo, meu compadre? -Sem dar tempo ao compadre Chico de responder, o Coronel concluiu:

_Vou esperá-lo, não falte! Até amanhã. -Olhar desconfiado, Chico se perguntava:

_Que história é essa de candidatura? O compadre nunca falou dessas coisas comigo! Será que ele quer que eu seja o seu vice? O que ele quis dizer com participar da "minha turma?" - Chico pensava em voz baixa. A verdade é que o inesperado encontro, o deixou pensativo e cheio de interrogações.

_Passavam de sete horas da noite, de forma desordenada, os vaga-lumes, riscavam a escuridão. O solitário latido de um cão chamando sua cadela deixava no ar o som angustiante de quem procura companhia. Quase ninguém caminhava pelas ruas desertas da cidade. Chico peregrinava de chapéu de palhas e mãos dentro dos bolsos da calça de linho cru, mantendo o seu costumeiro hábito. Dirigiu-se, nessa noite, rumo à casa de seu compadre Tibúrcio, bateu à porta; toc, toc:

_Menino vá abrir a porta e veja quem está batendo. Se for o compadre Chico, mande entrar.

_Sente-se compadre! -Falou o dono da casa com ar de cordialidade. -Chico tomou lugar numa cadeira, de costas para a janela, ficando de frente para a varanda.

_Tissa traga uma xícara de café para o compadre.

O Coronel caminhava de um lado para o outro da sala que estava mal iluminada, ao mesmo tempo em que deixava escapar um ar de preocupação. Não passou um quarto de hora e os outros convidados deram entrada na casa, pedindo desculpas pelo atraso e alegando que a causa da demora foi um proseamento no boteco do Luiz Medeiros.

FALA, FALA INFERNAL

_Não tem problema. -Tom de discordância e voz grave falou o Coronel sem agressividade, fez sua colocação e, com voz bem mais grave, fitando um a um, falou:

_Meus amigos, a eleição está se aproximando e temos que nos organizar. O outro lado já está cantarolando por aí. Essa semana estive na Capital. O deputado, nosso amigo, Garibaldo, quer vir aqui para fazer uma visita. Ele quer conhecer os novos membros do grupo.

O silêncio era total, ninguém falava, a sala parecia vazia, como se não houvesse doze pessoas sentadas ao redor daquela mesa. Um olhava para o outro e ninguém se atrevia sequer murmurar uma palavra, sem entender muito sobre o que estava acontecendo, Chico quebrando o silêncio, falou:

_Bem...! Meu compadre, vou aceitar ser o seu vice.

_Vice? Que vice? Espantou-se Casca Dura.

_O q..., q..., quê? Perguntou uma voz gaga vindo do outro lado da mesa. -Chico repetiu:

_Sim! Vice do compadre. -Uma fala, fala, infernal.

_Isso não pode! Dizia um.

_Eu fui traído! Falava outro.

_Vou me retirar. Contestou um magricela, bem vestido, próximo a Chico.

_Silêêênnnciooo...! -Bateu na mesa, o velho Tibúcio, voz decidida, continuou a reunião, dizendo:

_Meus amigos..., estamos aqui, tão somente para nos entendermos, e não para formarmos confusão!

_Ora, meu compadre, quem está fazendo confusão é o Chico, já que ele pretende ser seu vice, mas por direito, seu vice sou eu! -Exclamou Casca Dura. -Outra vozearia se instala ninguém se entendia. Uma pancada na mesa, e tudo voltar ao normal.

_Compadre Casca, com todo o respeito, não é hora de falar na minha chapa!

_Mas, compadre, ficou acertado que o seu vice, na próxima eleição, serei eu! Exclamou Casca Dura.

_Não! O vice do Compadre, nesse pleito, serei eu. -Falou Zé Caneco, com tom de voz arrogante.

_Você nada Zé Caneco! Você não tem gabarito num!

_-Outro baque; a situação que parecia tensa volta a se acalmar.

_Posso prosseguir? -Com tom de voz autoritária falou o Coronel.

_Claroooo! -Responderam todos. Logo em seguida, o Coronel chamou seu escriturário e pediu que trouxesse o livro de anotações. Ao receber o bendito livro, mandou que o guarda-livros o lesse:

_O partido PXC, concorrerá nas eleições do ano de 1955, com os seguintes pretendentes: para Prefeito, José Tibúrcio da Silva e, para vice-prefeito, Francisco Alencar. Às vagas de Vereadores, a nossa, inconteste, chapa terá os seguintes candidatos: José Aires Caneco, Estevão Borges da Casca Dura, Vicente Pinto, Raimundo Santana Filho, Francisco Souza da Costa, Mirlano de Andrade, Manoel

Teixeira, Raimundo Pena Forte, Diogo Forte, Carlos Augusto Sobrinho, Israel Tempero Aguiar, Maximiano Tomé de Souza Carvalho, Justino Cabral Pontes e Mirlenildo Farias.

_Terminada a leitura, coronel Tibúrcio. -Falou o guarda-livros.

_Muito bem! Retire o nome do Mirlenildo e ponha o nome do compadre Francisco Jurubeba, ele substituirá o Brasa.

_Alguém está contra? -Perguntou o velho.

_Seu Tibúrcio, o Mirlenildo não vai gostar da alteração! -Interveio o escriturário.

_Qual nada, sô! Ele vai ser o meu secretário particular. Vai ficar sempre encaixado, certo? -Certooo! Responderam todos.

_Com a palavra, o mais novo integrante do grupo: meu compadre, Chico. -Fale Chico! Ordenou o Coronel. -De pé, olhando para todos, voz embaraçada, Chico começou sua fala:

_Meu nobre compadre Tibúrcio! Seu Estevão, caro Caneco e demais amigos aqui presentes, boa noite!

_Boa noite! -Falaram todos.

_Meus diletos, ao ser convidado pelo compadre para fazer parte de seu grupo, pensei que fazer parte dele, seria vir candidato a vice, o que de certa forma constrangeu alguns dos amigos. Então, aproveitando a oportunidade, peço desculpas pelo mal. Para mim, é motivo de muita honra ter o meu nome lembrado pelo compadre e aceito por todos. Quero dizer que estou de pleno acordo com o que foi apresentado pelo doutor Guarda-livros e tudo farei para corresponder nessa nova empreitada. Mesmo não tendo muito para gastar, mas vou penhorar perante a todos vós, minha vontade e disposição para procurar votos por aí afora e muito obrigado.

_Muitas palmas, os convivas do Coronel estavam surpresos com a língua solta de Chico.

_Falou muito bem! Pouco mais acertado, para homenagear o novato e falante candidato, coloco duas arrobas de tabaco à disposição dele, para ajudá-lo em sua campanha eleitoral. Falou um dos presentes.

_Obrigado amigo Casca Dura, vou precisar muito da ajuda de vocês.

_Chico estava entusiasmado.

_Começou muito bem! Resmungou Raimundo Santana Filho, com voz de desdém, sendo repreendido pelo Coronel.

_Nada de desdém, meu caro Santana Filho. Não quero desunião: um por todos, todos por nós!

_Por um. -Corrigiu o guarda-livros.

_Seja lá como for, quero todos unidos. -Finalizou o coronel.

_Seu Tibúrcio, e a questão do Quiandeua, como é que vai ficar? Perguntou o guarda-livros, cochichando no ouvido do Coronel.

_Não se preocupe, a turma de lá está com a gente.

_Será mesmo? Não tenho tanta certeza assim. Não é isto que estou sabendo. -Falou Vicente Pinto.

_O que é que você está sabendo, homem? Diga!

_O Jajá está com dança de rato.

_Que negócio é esse de dança de rato? -Irritou-se o Coronel.

_É que ele está negociando com o tal do Zeca Lema, o responsável pela campanha do Peneira, isso vai contrariar o Senhor, ou não vai?

_Claro que vai! Aliás, já estou contrariado! Essa peste não pode fazer isso comigo. Pena Forte vá amanhã para o Quiandeua e me traga esse assunto resolvido, de vez. Diga ao Peixoto, no Cajueiro, que você está sobre as minhas ordens. Escolha cinco homens e mais oito remadores. -O relógio de pêndulo, banhado a ouro importado da Suíça deu doze badaladas, a reunião foi encerrada.

_Vamos à maré da noite, assim viajaremos mais à vontade. Falou Pena Forte, aos homens que formavam a sua comitiva.

Pena Forte deu outras ordens a mais dois homens e, às dez horas da noite eles estavam dentro do batelão de 50 palmos de comprimento e doze palmos de largura. Os quatros remadores bracejavam os remos, sacudindo o batelão para frente.

_Tragando um cigarro fechado o papel pode ser de embrulho. -Pena Forte pilotava a embarcação. Essa viagem vai demorar mais de um mês mesmo contando com a força do vento, mas, em poucos dias, Jajá iria dar explicações.

Sete horas da manhã, do quinto dia, um pano branco acenava de forma trepidante rumo à canoa.

_Veja Pena, alguém está chamando! -Falou um dos remadores, apontando com o dedão da mão direita.

_Vamos lá. -Resmungou Pena Forte, franzindo o couro da testa, criando uma lombada entre os olhos de gavião real.

_O que você quer menino? Interrogou Pena, com voz de desprezo.

_É o padinho! É ele quem está chamando. -Respondeu o menino, com voz melancólica. Pena Forte amarrou o batelão no tronco da seringueira e, com as suas botas de couro cru, caminhou em direção à casa de pátio grande, rodeada de plantas floridas e perfumadas.

_Entre meu amigo, Pena! Há quanto tempo que não lhe via! O que você está fazendo por estas bandas?

A voz do homem, baixo e de pele branca, aparentando ter boa saúde, inspirava cautela. Pena Forte procurou esconder a sua pressa. Sabia que, quanto mais quieto, melhor seria para lutar com aquela cobra velha. Ele deveria ficar na retaguarda, esperando o momento oportuno para dar o bote certeiro.

_É, meu amigo, Pena! Você por aqui, novamente! -O aqui novamente, soava mal aos ouvidos de Pena Forte que não queria confusão.

_Que nada, Capitão! -Fez-se de desentendido.

_Eu quero mesmo é falar do Tibúrcio, como vai ele?

_Está bem. -Pena Forte respondeu olhando para o quadro de um santo de muletas, pendurado na parede de madeira esfarrapada, cheia de estradas de cupins, pensando refletia:

_"Pelo jeito, vamos ter que pernoitar aqui, esse velho nojento, vai me interrogar e enquanto não vomitar o que ele quer saber, não vai nos soltar, quero dizer, nos deixar ir. -Em vão, Pena tentou mudar de assunto, no entanto, a raposa velha parecia ler seus pensamentos.

_Como estão as coisas por lá?

_Lá por onde, Capitão? -Pena Forte mais uma vez se fez de desentendido, tal atitude não agradou o velho.

_Você parece estar querendo me engabelar!

_Qual nada Capitão, é que o senhor me pergunta coisas que não sei responder. -Pena Forte estava perdendo a calma, nada bom. Mas se a situação estava tomando esse rumo, o jeito era chegar logo onde o velho queria Pena Forte resolveu abrir o jogo, de uma vez só, jogou as cartas na mesa pegou o velho desprevenido.

Aspecto era de irritação

_Seu Tavares, com todo o respeito, mas o senhor me chamou aqui só para perguntar essas bobagens? Se não é, diga logo o que o senhor quer saber, pois, não estou aparelhado a ficar aqui o tempo todo. Me responda, diga, o que o senhor quer?

Pena Forte sabia que aquela gente, quando tratada de forma bruta, ou saía logo para a briga ou, então, pedia paz, ficava calma e atenciosa. O velho, capitão, de patente comprada, foi pego de vez, voz menos agressiva e tom mais acentuado falou calmamente:

_Meu caro Pena, as coisas por aqui andam difíceis e de tempos pra cá resolvemos cobrar dos que sobem nesse pedaço de rio, uma pequena contribuição.

Aparentando tranquilidade, o velho continuou. Seus olhos ficaram miúdos, mas por trás daquele olhar aparentemente inocente, residia uma perversa e sanguinária maldade. E seu insolente interlocutor, cujo destino não seria selado, graças ao fato dele ser um emissário do coronel Tibúrcio, do contrário, podia ser fatal, Pena Forte sabia disso, só a sombra de seu protetor, o dava coragem para jogar tão pesado diálogo, em outras circunstâncias, poderia se considerar um homem morto. Depois de piscar por várias vezes, o astuto Capitão recomeçou o diálogo.

_Como eu dizia, as coisas estão mudando, e o compadre João Carvalho resolvemos montar barreiras em nossos portos. Estamos cobrando uma pequena taxa de passagem, quer dizer; o amigo paga, o amigo passa, o amigo não paga, o amigo não passa.

Pena Forte respirou e, sem demonstrar espanto, perguntou de quanto era a tal taxa.

_Cinco mil. - Passando as mãos pelos cabelos só brilhantina, respondeu o velho negociante.

_Seu Tavares! O senhor não está achando muito alta esta tal de taxa? -Propositadamente Pena Forte não o chamou pelo nome completo, apenas pelo segundo nome. O velho gostava, mesmo assim não se deixou levar.

_Qual nada! É esse o preço.

_Seu Tavares não tem como pagar esta quantia..., não trouxe tanto dinheiro comigo.

_Vamos fazer um trato; me traga uma encomenda e vou te abonar a taxa.

_E o que é esta encomenda? -Perguntou Pena.

_Duas arrobas de capivara.

_O senhor não acha muito? -Pena Forte tentou barganhar:

_Uma! Nem mais, nem menos. Contrapôs Pena Forte. O cobrador de pedágio não aceitou.

_Não! É pouco, uma e meia.

_Tá certo, uma arroba e meia.

_Sem a falta de nenhuma grama!

_Sem a falta de nenhuma grama. -Sorridente respondeu Pena Forte.

_Depois da troca do forte aperto de mãos, Pena despediu-se e partiu.

_Velho, besta, filho de uma égua! Me fazer perder tanto tempo, só para pedir um pouco de carne. -Pena falou em voz baixa, ao mesmo tempo em que acenava para o velho capitão.

_O que ele queria? -Perguntou um dos seus remadores.

_Nada! Ou quase nada. -Respondeu Pena Forte repetindo a mesma frase que tinha pensado:

_Filho de uma égua.

No batelão

_Era só o que faltava! -Resmungou Pena Forte.

_Se não bastasse a demora com aquele explorador caduco, o vento não colaborando, só chegaremos quando as eleições terminarem. -Pena, coça os cabelos encaracolados, esbravejando concluiu:

_Só espero não me defrontar com outro problema desses.

_Seu Pena, todos que passam por aqui têm mesmo de pagar ao velho, digo, ao capitão Tavares?

_Sim! E, se não pagarem, ele não deixa passar, se passarem escondidos, quando são pegos, é um Deus que nos acuda!

_É mesmo?

_Claro! Isso é um inferno! Eles mandam em tudo! O tempo não fechou porque ele percebeu que estamos a serviço do coronel Tibúrcio e como dois bicudos não se beijam..., - Respondeu Pena, dando a impressão de quem não pretende levar a conversa adiante, mas o caboclo insistiu até que Pena Forte resolveu contar um causo, referente ao pagamento da tal permissão.

Uma semana depois, avistaram as casas do Quiandeua. A aldeia estava quase deserta. Um cavalo castanho balançava a cauda, tentando afugentar as mutucas e um porco focinho comprido tentava acasalar com uma porca pelada. Embaixo de uma mangueira florida, uma mocinha pilava arroz, o socado da mão de pilão vibrava e levava seu pesado som, mata adentro.

_O calor terrível, quase insuportável. -Se abanava Pena, as palhas de ubim na tolda do batelão de tão estorricadas pareciam querer incendiar-se. A água serena corria rio abaixo, a mão de pilão deixou de estremecer a terra, ficando aquele lugar ainda mais monótono. Distante, um capelão cantava, procurava sua fêmea.

Os moradores como por encanto tinham desaparecido, estavam em suas roças. Era a vida daquela gente, só se reuniam aos domingos ou nas noites de rezas.

Pena Forte caminhou barranco acima escalando os desnivelados batentes feitos no barro, tornando a subida alta e íngreme mais difícil, os desacostumados, assim como Pena Forte eram os que mais sofriam. Pena se dirige para uma casa aparência de choupana coberta com cavacos de acapu.

"Não! Pelo jeito ali não tem ninguém." -Pensou Pena desviando o olhar para outra casa, onde supostamente, morava o Jajá.

Fazia muito tempo que tinha vindo àquele lugar, mas era ali que o Jajá morava, tinha certeza, o pé de caneleira o fez lembrar-se. Bateu palma, ninguém respondeu, depois de muito insistir apareceu um garoto aparentando ter oitos anos. Timidamente o garoto escondia-se por trás da parede de tábuas, o garoto de olhos acanhados mostrava apenas a cabeça.

_O Jajá está? -Perguntou ao garoto que ao ser atingido pelos raios de sol seus olhos esverdeados piscarem por várias vezes. Como resposta, apenas balançou a cabeça, a julgar pela forma com coçava, deveria estar repleta de piolhos.

Pena Forte ia repetir a pergunta quando uma voz de mulher sonolenta falou lá de dentro:

_Quem está aí, Januca?

_O moleque continuou calado, depois de perguntar mais uma vez, Januca levantou-se do tamborete e saiu correndo casa adentro balançando a pimba. Pena, fez ar de riso e falou:

_Sou eu! Pena Forte! Estou aqui para falar com o Jajá, ele está?

_Não, ele foi pescar. -A voz da mulher parecia cansada.

_E quando ele volta?

UM GALO PIROCA

_Só na sumana que vem.

_Essa não! -Falou entre dentes.

_Era só o que faltava ter que esperar todo esse tempo.

Olhou em volta do lugarejo: uma ladeira, um trapiche e precários degraus feitos no próprio chão. O trapiche de tão surrado dava a impressão de não suportar peso algum. Meia dúzia de casebres na parte alta e mais uns dois na parte baixa, era esse o cartão postal que aquela vista oferecia

Na parte alta, coberta com cavacos de jarana, a Capela de Nossa Senhora do Bom Parto, parecia bem conservada, as paredes eram de tábuas pintadas com cal.

Ao lado esquerdo um barraco todo aberto, certamente o Centro Comunitário. Pouco mais ao nascente uma tosca casa de taipa onde provavelmente funcionava a escola, estava aberta, mas não tinha ninguém.

_Que cabloclada preguiçosa! -Pensou Pena. "Nenhum pé de fruta!" Um galo piroca passa perseguindo uma franga pedrês.

_Como essa gente se acostuma a viver assim? Que vida, cruz credo! O que a procura de voto não fizer, nada mais faz.

_Seu Pena Forte! -A voz rouca da mulher o assustou.

_Professora Matilde! Prazer em lhe encontrar.

_O prazer é todo meu, seu Pena! O que o senhor anda fazendo por essas bandas? Não diga que o senhor veio participar da festividade de Nossa Senhora? -A mulher sabia que não era isso, mas fingia. "..., o que o Pena Forte estava fazendo ali?" Intrigada se perguntava.

_Não..., sim...! Vim para a festa.

_A ladainha começa hoje. - Puxando por sua educação e olhar atencioso falou a professora.

Num gesto de cabeça, Pena Forte demonstrou reciprocidade, em seu aspecto cordial procurava colher informações. Queria ficar por dentro de tudo, aquela mulher sabia muito sobre a vida de todos naquela comunidade. Pousou delicadamente sua mão no ombro da mestra e com cara de quem não quer nada e querendo perguntou pelo Jajá.

_O seu Jajá? -Voz suave e doce, indagou a mulher.

_Em que sentido o senhor quer saber dele? -Se mostrava surpresa, Pena sabia que ela fingia

_É professora, estou aqui para conversar com todos e em especial com ele. No seu modo de ver, como ele está se saindo na Comunidade?

_Vai levando! -Ela ironizou.

_Como, levando? -A voz de Pena Forte era calma e segura.

_O seu Jajá, é muito dedicado.

_Certo! -Pena Forte fazia-se de desentendido. Percebeu que daquela interlocutora não iria pescar nada, achou melhor não forçar. Mas quando parecia que ela ia se abrir, baixando a voz, ela falou:

_Vem chegando gente é melhor mudarmos de assunto. As pessoas aqui gostam de ouvir tudo. Como se diz na cidade, eles querem ser informados.

_Olhando para o lado onde a professora tinha disfarçado o olhar, viu duas pessoas vindo em suas direções, eram dois senhores: um jovem e o outro com mais idade. Ao se aproximarem, logo cumprimentaram o visitante. Pelo jeito de como falavam não conheciam o visitante.

_O mais jovem alegando ir se reunir com outros jovens pediu licença e se retirou. Pena Forte estava curioso para saber o que os jovens iam fazer, mas não deu bandeira, sabia que a dedicada professora adivinhava seus pensamentos, depois lhe diria. O outro chamado de Dinailton, trocou algumas palavras e logo também se despediu. Ar de indiferença a professora piscou para Pena e falou:

_Esse aí é olheiro do Peneira, do Sebastião Peneira, o candidato do outro lado. -A coisa começou a esquentar, Pena não perdeu tempo:

_Não diga professora Matilde.

_Com certeza, o Peneira está botando muito olheiro aqui. Acho melhor o coronel Tibúrcio tomar mais cuidado. Seu Pena me desculpe, mas tenho que ir, o senhor vai à novena, vai? Depois conversaremos mais.

_Não se preocupe, professora. Pelo visto, vou passar muitos dias aqui. Vou esperar o Jajá voltar da pescaria.

_Pescaria..., bela pescaria! -Respondeu sorrindo enquanto se despedia.

As últimas palavras da professora deixaram Pena Forte alegre, mas cedo do que o esperado, estava tomando pé da situação. Falando com seus botões, em voz baixa, disse:

_O coronel que se cuide. Esse Peneira não é de brincadeiras. Um já descobri, mas quantos estão camuflados por aí? A política está mudando, hoje os métodos são outros, é toma lá, dá cá. Para desfazer esse costurado, pressinto que será trabalho pra muitos dias. O coronel vai ter que mandar mais gente. Bem que preveni, mas ele acha que não é preciso, tai em que tá dando. Se ele não se cuidar, a vaca vai para o brejo.

O povo repetia a melopeia por tempo indeterminado, sempre a mesma frase. Um sino rachado badalava sem parar, tocava pela terceira vez. As pessoas chegavam de toda parte; uns a pé, outros de montaria (canoa). Pena estava num lado da capela, rodeado por moradores. De repente, uma voz no centro da capela convidava a todos para entrarem, logo a seguir rezaram:

_Meus irmãos! Falou o homem, que estava fazendo a vez do celebrante. A nossa ladainha de hoje não será cantada pelo mestre Agripino. Ele não chegou até agora e, por este motivo, quero convidar a professora Matilde para fazer a oração. Após a celebração, será servido um chocolate. Continuou o homem.

A professora tomou lugar em frente ao pequeno, mas bem organizado altar da Capela de Nossa Senhora do Bom Parto, acompanhada por mais cinco pessoas: dois homens, incluindo o dirigente, e mais três moças, cantam a ladainha, todos acompanhavam o canto. Momentos depois: silêncio, hora da sagração à virgem do Bom Parto:

_Após o canto final o dirigente deu passagem para os avisos: O catequista falou da primeira comunhão, que seria realizada no último domingo do mês de julho. O coordenador falou dos mutirões e coleta dos donativos. Aproveitou a oportunidade para anunciar a presença do senhor Pena Forte que estava em visita. Após os avisos e as apresentações, todos queriam cumprimentar Pena Forte.

_O chocolate está uma delícia! -Elogiou Pena.

_Seu Pena Forte, como vão as coisas lá pela cidade? Era a voz do coordenador. Este merecia atenção especial de Pena Forte, num sorriso franco, procurou responder com bastante clareza.

_Meu coordenadorrrrr! -Pena Forte caprichou no "dorrr". Sabia ele que os coordenadores gostavam de serem tratados pelo título. Era o maior posto na hierarquia local de acordo com a organização eclesiástica, cargo disputado no voto, entre os membros das comunidades de base. Pena Forte continuou:

_Boas, as coisas por lá estão indo. -Pena procurou demonstrar que o chocolate estava gostoso e quente, por isso se esforçava para segurar a xícara de asa quebrada.

_E o nosso prefeito, seu Pena! Como ele vai se saindo?

_Como o senhor falou: ele está saindo. -Pena Forte deu um sorriso malicioso procurando agradar o humilde senhor.

_E o coronel Tibúrcio, como tá indo?

_O Coronel se ausentou por uns meses. Foi fazer um tratamento em São Paulo, mas já está bom. Como o senhor disse, está indo. -Os dois riram.

A conversa tomava rumo não pretendido por Pena

que deveria ser astuto e virar o rumo da prosa. Atacou, bombardeou o homem de perguntas e se alguém quer fazer uma pessoa do interior ficar acanhada, comece a lhe fazer perguntas, principalmente voltadas para a política e outros: se a professora está indo bem, quando o padre veio na comunidade, se houve muitos casamentos, quantos estão amancebados.

Pena acertou no alvo. O homem gaguejou e não disse nada, em seguida, alegando ir prestar contas com alguém da Diretoria, pediu licença e se retirou. Pena sorriu, sua estratégia tinha dado certo, queria era ficar livre para conversar com todos, só assim tomaria pé das mudanças no lugar. Pressentia que muita coisa estava errada, ou melhor, não obedecia aos planos do Coronel.

Naquela noite, Pena colheu muitas informações, pelo jeito, Jajá estava realmente com a cabeça virada para o lado do Peneira. Dúvida não tinha mais, só não sabia se esperava o Jajá chegar ou se regressava o mais breve possível. Pensou:

_Se retorno sem levar uma posição do Jajá, o Coronel deverá ficar mal satisfeito.

Quase sete da noite, Pena Forte estava sentado sobre uma raiz de castanheiro, quando se aproximou Jajá. Este, sem demonstrar surpresa, foi logo cumprimentando Pena Forte, que já não era tão visitante.

_Meu amigo, Pena! Como você tem passado, sua família está boa?

_Estamos todos com saúde!

_Aqui tudo bem, diga amigo, o que trouxe você aqui?

_-Jajá era inteligente, muito astuto, não à toa, que o Coronel o mantinha em seu grupo, ou quase.

_O coronel Tibúrcio! -Respondeu Pena, sentindo o homem balançar, mudou de comportamento, sua segurança ia desaparecendo. "O Coronel" prosseguiu Pena.

_Ele está preocupado com alguns rumores.

_Que rumores são esses? -Perguntou Jajá, demonstrando tranquilidade.

_Caro, Jajá, vou ser breve e direto. Como dizem, curto e grosso: o Coronel me mandou aqui para lhe convidar para uma reunião com três pessoas. Primeiro, o senhor não apareceu mais, depois contaram pra ele que tu se bandeando para o outro lado.

_Não passei para outro lado nenhum, Pena! Acontece que o Coronel só quis o meu trabalho na época de campanha, depois da vitória ele até parece ter se esquecido da nossa gente! O povo quer ver o seu comandante por perto, sentindo o seu calor. Isso não custa tanto. Veja bem, Pena! Estou aqui, entregue! Tenho esta migalha de salário como administrador, e só! O povo quer trabalho. -Jajá fez uma pausa, voz menos trêmula, continuou:

_As coisas estão mudando, as pessoas estão com os olhos abertos, cobram mais. Com você, eles quase não falam, mas comigo se abrem. -Pena o interrompeu, procurou mudar o rumo da conversa, Jajá estava crescendo.

_Januário, o que você acha desta campanha? Temos chances?

_Se há chance, não sei. O certo é que o Peneira está sendo bem falado. Tem muita gente lhe dando apoio. -

Pena Forte estava satisfeito. Queria levar a conversa mais para o lado pessoal, procurou ser mais direto:

_Quero saber é de que lado você está, filho de..., Deus?

_Eu..., eu..., eu estou..., o seu Sebastião Peneira tem me procurado.

JAJÁ ESTAVA DECIDIDO

_Esse filho de uma égua! Com? Que propostas? Por acaso o Coronel não tem te ajudado?

_Não é bem isso, Pena, esperamos algo mais.

_Como algo mais? -A pergunta foi brusca. Pena Forte estava jogando pesado e aos poucos, Jajá ia perdendo a segurança.

_Ele não te tem ajudado?

_Um pouco, mas não devo nada a ele.

_Como não deve? E este emprego?

_Ora amigo Pena, este trabalhinho não é nada, além do mais, fico até seis meses sem receber um vintém.

_Como? Cooomo? -Pena tentou desconversar.

_O Coronel me deve muito mais. As mentiras que tive de contar, as noites inteiras batendo carapanã nesta beirada, com fome e frio, os recados para suas petiscas, tudo isto! Ou será que acha pouco?

_A rapidez de Jajá pegou Pena desprevenido, sem jeito, procurou tomar pé e a frente na conversa.

_Nada disso! Você deve pensar um pouco mais antes de falar, medir melhor as palavras. Olhe uma coisa; não vim aqui para ouvir lamúrias de ninguém. Estou cumprindo ordens do Coronel, ele quer te ver o mais depressa possível.

_Meu caro Pena, que ele venha aqui. -Pelo jeito, Jajá estava decidido, continuou.

A MESA PAGOU O PATO

_Acho que o colega não entendeu bem a situação. Eu, Januário de Alencar Filho, não vou apoiar o Coronel, desta vez. -A voz de Jajá era determinada e segura, Convenceu Pena de sua decisão, ainda tentou dialogar, mas foi inútil.

_Não adianta você querer que eu vá à casa do Coronel. Poderei até ir lá, mas não para tratar de política.

_É sua palavra final?

_Sim! Espero Pena, que a nossa amizade não vai esmorecer, trabalho é trabalho, amizade de lado.

_Você fala como gente grande. -Pena, ironizou.

_Depois de fazer um gesto negativo com a cabeça, deu as costas para Jajá e sem se despedir, afastou-se do local.

_Não é possível, Pena Forte! Eu só acredito porque é você quem está me falando. Então, aquele moleque se portou desse jeito?

_O Coronel deu um murro na mesa. Suas mãos estavam fechadas, o sangue parecia verter pelos cantos das unhas. Olhar perdido para o alto estava transtornado, ninguém sabia o que se passava por seu cérebro maquiavélico. Estevão, Caneco, Vicente Pinto, Casca Dura e Pena Forte, todos rodeados à mesa de cedro maciço, olhavam um para o outro, esperando o Coronel se acalmar, nenhum deles queria falar primeiro.

Depois de fitar fixamente a todos, o Coronel pediu que se sentassem, em seguida, voz estrondosa, estremecendo as paredes e quase estourando os tímpanos dos convidados. Falou, se lamuriou e depois de fazer uma pequena pausa, aparentando serenidade, pediu aos amigos que o desculpasse, ninguém tinha responsabilidade sobre o que estava acontecendo, se havia algum culpado, esse alguém era ele. Com o dedo polegar direito apontando para si, abriu a reunião.

_Amigos, estamos com um pequeno problema: o tal de Januário, não vai mais acompanhar a gente. Ele se bandeou para o lado de lá. Depois de tudo que fizemos por ele, o ingrato, sacanija me deixou. Mas não tem nada, não. Vamos ver quem vai tomar seu lugar.

_Casca dura tomou coragem e falou palavras desconectas:

_Meu amigo, Pena, como você demorou! Tinha alguma cabrita te amamentando por lá?

_Não Casca! O caso lá não é de brincadeira. Se você soubesse o esforço que fiz para aquele sacrista ficar com a gente..., vocês nem imaginam!

_Eu ainda não liberei a fala. -Chamou a atenção o Coronel.

_Sim, senhor Coronel: Desculparam-se Casca Dura e Pena, prosseguiu o Coronel.

_A bem da verdade, esta eleição tá no papo. O outro lado está fazendo zoada à toa, enquanto nós, estamos trabalhando. Tenho certeza de que o eleitorado mais uma vez, fará justiça. Na passada, elegeram o nosso amigo Pedro Teixeira, desta vez, esses fofoqueiros terão de me engolir.

_O Coronel procurava disfarçar, mas a questão

Quiandeua o atormentava. José Caneco entrou na conversa, perguntando:

_E a nossa estratégia, como é que vai ser Coronel?

_Vamos atacar do mesmo modo que dá outra vez?

_Ainda não liberei a fala, mas a sua colocação é pertinente, muito boa, gostei, vamos discutir antes que eu me esqueça, da outra vez acabei me esquecendo e não tratei desta questão que a meu ver é muito importante. É ou, não é?

_Éééé! -Todos disseram ao mesmo tempo. Pelo andar da carruagem aquela reunião iria ser um saco, pensava o Guarda-livros acomodado num canto da sala

_Mas, para isso, precisamos estar todos reunidos e, como hoje não estamos todos, vamos marcar para amanhã..., amanhã, não! Diachos, já ia me esquecendo. - O Coronel retrocedeu.

_Já marquei um compromisso. Mas fica para quinta-feira, oito da noite. O Caneco fará os comunicados, os presentes já estão sabendo.

_Neste momento entra Tissa, carregando uma bandeja, e gentilmente serve café e chocolate acompanhado com beijus de macaxeira. Enquanto a morena servia aos presentes, Vicente Pinto não tirava os olhos da moça.

NOITE DE QUINTA-FEIRA

_José Aires Caneco, Estevão Borges da Casca Dura, Vicente Pinto, Raimundo Santana Filho, Francisco Souza da Costa, Mirlano de Andrade, Manoel Teixeira, Raimundo Pena Forte, Diogo Forte, Carlos Augusto Sobrinho, Israel Tempero Aguiar, Maximiano Tomé de Souza Carvalho, Justino Cabral de Pontes, Mirlenildo Freitas da Brasa. Chico Jurubeba está ausente. Terminada a chamada seu Tibúrcio. -Falou o guarda-livros.

_Muito bem! Agora, Pena, conte para todos o ocorrido lá no alto.

_Com precisão, Pena fez minucioso relato, tin tim, por tin tim. Durante sua fala, todos prestavam atenção. O coronel tinha as mãos espalmadas sobre a mesa, num gesto de indiferença perguntou:

_E a gora? O que os senhores acham que devemos fazer em relação ao Quiandeua e em especial ao Jajá?

_O senhor diz para alguém dar uma bela surra nesse tal de Jajá. Falou Vicente Pinto, homem de meia idade, perverso como o demônio. Não tinha compaixão de ninguém, suas atitudes eram perversas e cruéis.

_É Coronel! Mande dar uma coça nele. -Falou José Caneco, um dos mais comedidos da turma.

_Que nada gente! O rapaz não quer mais ficar do nosso lado, acho melhor respeitar sua decisão. Se ele quer assim, que fique para lá. -Comedido falou Tomé de Souza Carvalho.

_Nada disso! Esse sujeito é um traidor e sujeito assim deve ser tratado com mais rigor. Já pensou se todos pensassem em abandonar o posto? Seria uma tragédia! - Estevão, foi arrogante.

_Devemos agir como antigamente: quem está dentro não sai e se sair, pira nele! -Falou Israel Tempero.

"Pira nele" era um termo usado, queria dizer, dar fim ao indivíduo. Normalmente o sujeito era convidado para uma caçada e nesta caçada o camarada desaparecia, nunca mais se ouvia falar no tal.

_As discussões estavam acirradas: uns a favor do extermínio de Jajá, outros não. O grupo estava dividido, finalmente decidiram não molestar Jajá, e sim expulsá-lo do grupo partidário. Assim fizeram.

_Vamos mandar o Pedro Teixeira para tomar o lugar do traíra, quem não concorda fique de pé. Como ninguém se opõe, Pena faça você mesmo o comunicado.

_Certo, Pena! Mas..., tenho a palavra dele, serei o candidato apoiado por ele. Foi este o trato.

_Não sei, não. Para mim, está havendo jogo duplo nesta história.

_Nada, Aguiar! O Pedro é homem de palavra.

_Na política até agora só não vi boi voar, de resto, tudo é possível.

_Acalmese, Mirlenildo! Não podemos demonstrar desespero.

_Mas eu não estou desesperado, estou apenas preocupado.

_Todos nós estamos. Falou Francisco Souza da Costa, também chamado de Padre.

_Não podemos deixar os nossos interesses de lado, digo, os interesses de nosso município. A nossa gente precisa de seus empregos, lá na prefeitura. Não podemos perder esta eleição, se não estaremos ferrados.

_Não quero nem pensar, se esse prefeito estragar tudo. Eu bem que não queria que o compadre Tibúrcio fosse seu vice. Eu queria, mesmo, que o compadre fosse o prefeito.

_Aí, sim, as coisas estariam melhor. Com certeza meus dois filhos estariam trabalhando, coisa que, até agora, não aconteceu. Só promessa! Enquanto isso, muita gente continua batendo ponto lá na prefeitura.

_Você chora de barriga cheia, Andrade. Me diga: quem fez a empreitada do Ramal da Jaca? Diga! Não foi o seu filho, Tião? Mirlano de Andrade ficou meio sem graça, apenas deu um sorriso amarelado.

_Eu, sim! Posso falar de peito aberto e alma lavada, ainda não ganhei nada com esse prefeito. Até parece que não moro aqui. Vocês viram quem ele botou para ser o chefe de estradas?

_Claro que sabemos! Foi o Justino Cabral, cunhado do irmão dele.

_Aquele molenga nem saía nos comícios: tinha medo.

_É, Justino, nisto você está certo. Pelo menos, você tem uma cadeira no legislativo, eu é que sou um brocado. Se não fosse o Coronel, aqui, eu estaria frito! De vez em quando, ele arruma uns fretes pro meu barco.

_Caneco, você pensa que eu não sei? E a casa que o

prefeito comprou para você, lá no Vale Doce? José Caneco apenas coçou a careca brilhante e não disse mais nada.

_Maximiano! Você sempre traz notícias molhadas. Isso eu já sabia, faz tempo. Falou desdenhando Estevão.

_É, pessoal, a conversa está boa, mas a hora passa rapidamente. A reunião está encerrada. Vou falar abertamente com o Pedro. Enquanto isso não acontece, acho melhor vocês ficarem de olhos bem abertos. O nosso bom amigo, Justino Cabral, vai sondar os outros vereadores e, depois, me passar as opiniões deles, se eles nos acompanham ou não.

_Com o Pedro Ferreira, o Antonio Albuquerque, o Milton Barbosa e, claro, o Casca Dura, o senhor pode contar. Quanto aos outros três, vamos ver.

_E você esqueceu-se de mim! Bateu no peito, Pena Forte.

_Não sei, não! Se eles estão do nosso lado, por que não estão aqui? Perguntou Chico.

_Uma boa pergunta!

_Eles não foram avisados!

_Como não foram avisados? Esbravejou o Coronel.

_Foi o que eu soube quando perguntei, a um deles, se não vinha para a reunião.

_Não é possível! Eu mandei o convite a tempo!

_Justificou-se Casca Dura.

_Não ponho em dúvidas. -O Coronel foi a favor de Casca Dura.

_Eles estão, é com dança de ratos. -Falou, entre dentes, Carlos Augusto Sobrinho.

_Eles sabem que o Coronel vai precisar deles e por isso estão pondo dificuldades.

_Você tem razão, Aguiar, você tem razão. Não sei, não, mas, por mim, esses camaradas ficavam do lado de fora.

_Calma, Mirlano! Nós precisamos de muito voto, de muita ajuda!

_É! O Pena Forte tem razão. Nós vamos precisar de muita ajuda e não podemos tirar uma de bom, de orgulhoso. Como diz o nosso guarda-livros, na campanha a dança muda. Depois da vitória, a música fica do nosso gosto. Caíram na gargalhada.

_Mais uma xícara de café. Ninguém se atrevia a acender um cigarro. O Coronel não fumava.

_Seu Branivro, leia o conteúdo da reunião.

_O guarda-livros leu o escrito e, com voz acentuada, finalizou:

_Terminada a leitura, Coronel. Certamente não falta nada.

_E quanto ao Jajá? Fica o dito pelo não dito?

_É, Aguiar, vamos deixar o cabra sossegado. Não quero encrenca com o Peneira. Se acontecer alguma coisa com ele, naturalmente, vamos despertar suspeitas.

_Mas ele merece, pelo menos, uns tabefes!

_Claro, claro! Mas deixa pra lá. Vamos dar tempo ao

tempo. Então, boa noite, muito obrigado pela presença de todos e até amanhã. Os membros da reunião saíram em fila indiana.

_Como posso me concentrar nesta campanha? Eu acho que vou sair desta embrulhada, enquanto é tempo. Onde já se viu um vendedor de remédios do mato ser chamado para participar de uma chapa? E logo na chapa do Coronel! Mulata, minha, querida, mulher! Quero a sua opinião: o que você acha? Devo, mesmo, me candidatar? Eu nunca pensei nisso! Fui pego de surpresa.

Chico estava nervoso, e não dava tempo para Neusa, sua mulher falar.

_É gente me pedindo uma coisa aqui, outra ali e acolá.

_Mas, home, essas coisas são mesmo assim! Se não for você, é outro. Ademais, o Coronel é homem sério e direito. Se ele te chamou é porque tens meio de ser bem votado.

NEM TUDO ESTAVA PERDIDO

_Mas de mim! O que tu achas mulher? Tenho chance de me eleger?

_Se tens chance, não posso dizer. Mas o certo é que tu és bem conhecido e, quem sabe, de uma hora para outra, sai vitorioso.

_Quer dizer que tu me aprovas?

_Bem! Se, é assim! Tá tudo bem. Eu preciso arranjar alguém para me dar uma ajuda. Afinal de contas, não tenho experiências. Vou dar um pulo na capital e me ter com o Manuca.

Aparentemente Chico estava envolvido num grande e majestoso problema: tinham-no lançado candidato a vereador e ele não entendia coisíssima nenhuma de política; estava mesmo numa grande enrascada. Se comunicar com o povo, não lhe era tarefa difícil, porque ganhava a vida vendendo seus remédios caseiros feitos de ervas medicinais, sabedoria que tinha herdado de seu falecido pai.

_O que fazer? Vou recorrer ao meu amigo lá da Capital. Não custa nada fazer uma visita e lhe pedir uma ajudinha, para que eu possa começar esta campanha. É isso aí. Vou à Capital no próximo correio. Correio era o barco que fazia linha para a Capital, às quintas e aos domingos.

Era meio-dia, quando o barco a motor atracou, lotado, no porto estaqueado de madeira, serrado à serrotão, Chico, rumou para a casa do seu amigo Santuário.

Estavam sentados ao redor de uma mesa de centro, ao mesmo tempo em que saboreavam um gostoso café, gentilmente, preparado e servido por D. Margarida, esposa de seu amigo, Santos, como era popularmente conhecido. O silêncio foi cortado pela voz do colega, que, em tom amigável, perguntou qual a verdadeira finalidade de sua ida à Capital.

_Estou com um pequeno problema. -Respondeu.

_Que tipo de problema é esse, meu caro?

_Uma enrascada.

_E que enrascada é essa?

_Fui convidado a ser candidato ao cargo de vereador. Você nem imagina o quanto estou aperreado. Não sei como fui entrar nesta! No início, todos me ajudaram, me incentivaram mais depois que o barco começou a navegar, é cada um por si. Estou aqui, para lhe pedir uma ajuda. Estou num beco sem saída; não sei como começar e a campanha está pegando fogo. Os outros já estão na rua, enquanto eu, ainda nem comecei a minha!

_É, amigo! Primeiramente, você terá que ir por partes. Faça seu plano de trabalho, ver o que vai jogar para seus eleitores aí, sim! Bote o cavalo no brejo e ganhe o mundo.

_Só que não é tão fácil assim.

_Se fosse fácil, todos seriam candidatos!

_É isso mesmo!

_Claro, amigo! Magá traga uma caneta e um caderno. Vamos rascunhar o programa de campanha do amigo,

Chico.

Trabalharam até tarde da noite. Na manhã do dia seguinte um sábado bastante ensolarado, sobre a mesa, envernizada, repousava a pilha de papéis rabiscados resultado de mais de seis horas de trabalho, cujo conteúdo poderia ser o programa de campanha do Chico que ainda dormia, numa rede ao canto da sala, cujas varandas bordadas arrastavam no assoalho. A julgar pelo semblante do candidato, parecia contente.

_Vamos acordar, candidato! -Falou Santuário, balançando o punho da rede, onde Chico estava deitado. Chico passou a mão nos olhos e disse:

_Acho que vou ter que arranjar um despertador, estou dormindo demais.

_Que nada, Chico, é que a campanha maltrata e faz o corpo padecer.

_É, vou ter que fazer umas garrafadas e me cuidar mais. -Falou Chico, se esticando todo, espreguiçava o corpo avolumado na rede branca, importada do Ceará.

_Levante, homem, que daqui a pouco vamos até a casa de um amigo meu. Ele é gráfico, vamos ver o que ele acha deste rascunho. Se estiver bom, vamos mandar fazer umas cópias para você distribuir aos seus futuros eleitores.

Duas horas depois, estavam os dois amigos na casa do gráfico, um senhor de quase sessenta anos, aparência amistosa, ar de bom sujeito.

Santuário apresentou o colega ao sorridente senhor. Em seguida, falou do motivo da visita, passando o caderno com as anotações. Os olhos do gráfico numa velocidade incrível percorriam as páginas do caderno, num total de trinta. Repuxa o canto esquerdo da boca, deu um sorriso de malícia e disse:

_O grande agitador não perdeu a linha! Este programa é simples, mas objetivo. Será que o seu candidato a prefeito vai concordar com este seu discurso? -Num sorriso zombeteiro o gráfico perguntou para Chico.

_Vamos ver. -Respondeu Chico.

_Você vai ser um dos nossos. O trabalho está muito bom! Além do mais, simpatizei com a sua disposição. O Pará precisa de gente com esta determinação. Se me permitirem, vou fazer umas modificações. Já que o nosso candidato é do interior, precisamos adequar suas palavras ao linguajar do interior, vou atender um telefonema, já volto.

_Ele, simpatiza contigo, vai te ajudar. Se isto acontecer, você pode se considerar eleito. Esse camarada, quando compra uma briga..., sai de perto!

_Você acha mesmo que ele vai me ajudar? -Desconcertado perguntou Chico, ar dissimulado.

_Ora, meu caro, ele já não está ajudando?

_Respondeu, Santuário com um sorriso de dar gosto.

_Será que ele vai cobrar muito caro? Indagou Chico, com voz de preocupado.

Santuário ia falar alguma coisa, mas a vinda do velho gráfico o fez calar. O simpático senhor, voltando-se para os dois, disse:

_Tenho que me ausentar por um instante, venha de noitinha. Essa minha saída, não estava no programa, é o pessoal do sindicato estão programando uma assembleia para amanhã e preciso estar por perto, agora, tenho que ir.

_Não tem problema! Disse Santos. Os dois se despediram e tomaram direções contrárias.

O material gráfico para a campanha de Chico estava garantido. Agora, era só jogar os panfletos na rua. O Santuário ainda lhe arranjou um projetor de som, um amplificador, bateria e mais um microfone.

_Com este material, você tá arranjado.

Chico estava contente com a sua ida à capital do estado, não tinha sido em vão. Agasalhou tudo no barco, despediu-se do Santuário e regressou confiante. No dia seguinte, ele desembarcou no trapiche de sua cidade. Olhares curiosos querem adivinhar o que era tudo aquilo que o Chico trazia.

_Que troço esquisito! -Falava um.

_Coisa estranha! -Falou à professora que passava no momento do desembarque.

_Frei Milton! Frei Milton! -O coroinha entrou na igreja correndo, chamando pelo padre, que já conhecia o alarido que Marcelo fazia, quando via uma coisa engraçada. Pensou que era mais uma de suas peripécias.

_Padre! Padre! O senhor nem sabe da maior! -Marcelo, sem deixar que o padre perguntasse o que era, foi logo dizendo:

_O senhor nem sabe! O Chico está trazendo um negócio esquisito, parece um sino!

_Sino? -Com ar de indiferente, indagou o padre. o coroinha prosseguiu:

_Vai ver que ele resolveu, também, construir uma igreja.

_Nada, padre! O senhor não quer me acreditar.

_Acreditar-me, é assim que se deve dizer. -Cortou o padre.

_Vamos lá, para ver se o que estou falando não é pura verdade!

Voltando-se para o petiz matraca, ar de interrogação o padre, falou:

_Vá encangar grilo no cordão! Me deixe trabalhar, seu pirralho! -'Deixe-me', corrigiu Marcelo que saiu correndo, sentindo que não conseguia desviar a atenção do padre, do jeito que entrou, saiu da igreja. O padre, acompanhando o com a vista, disse:

_Esse menino é demais, ainda vai tocar fogo nesta cidade.

No dia seguinte, Chico era o assunto do momento. Nos botecos da cidade só se falava na coisa que cantava alto. Uma multidão se aglomerou ao redor de sua casa. Chico estava instalando a boca de ferro. Nego Nilson subiu num açaizeiro, o mais alto que havia, usando arame farpado, atracou os dois projetores uma proeza acompanhada por muitas palmas.

Nego Nilson, cheio de fatuidade, soltou a peconha e desceu da palmeira de uma só vez. Era famoso na arte de apanhar açaí, o povo queria ouvir o sonoro do Chico, cantar. Muitos não acreditavam que aquela geringonça tocasse como instrumento. Perguntaram-lhe porque o tinha prendido com arame farpado; foi categórico ao responder:

_ pra ninguém roubar. -A plateia caiu na risada. Dona Crizulda se benzendo comentou:

_Como, entom, que está cuisa bucuda canta? Não tem tucador lá dentro! Isto é mesmo o fim do mundo! Eu, hein! Cruz credo!

Dona Crizulda afastouse resmungando, ao mesmo tempo em que se benzia. Os companheiros de chapa de Chico estavam desconfiados, botavam a ciumeira pra fora, logo foram se reclamar para o Coronel:

_Coronel Tibúrcio! Coronel Tibúrcio! -O Coronel ia ter que encontrar muitas palavras para desativar o ti, ti, ti entre seus candidatos.

_Logo não se vê! -Comentou o coronel Tibúrcio.

_Se vocês continuarem desse jeito, vamos perder as eleições, é isso que vocês querem! Ou estou errado?

_Claro que não, Coronel, claro que não!

Responderam ao mesmo tempo.

_Se o Chico tem esse troço que fala longe, melhor para nós! Assim nos ouvirão mais distante.

_Ocorre, coronel Tibúrcio, ele vai levar vantagem. -Choramingou Casca Dura.

_Amigo Casca Dura, se atine, homem de Deus! Não vê você, que isso vai fazer bem para todos? O pobre Chico pode até ganhar uns votinhos a mais, mas, no final, quem senta mesmo é quem eu quero. Vamos receber o

Chico com todo o carinho. E digo mais; ele está se rebolando, quero dizer, se virando muito mais do que muita gente. Acho melhor que todos se unam no mesmo ideal; no grande ideal da vitória, do trabalho e do progresso de nossa terra, tecnulugia..., "O Guarda-Livros pigarreou a garganta"..., desenvolvimento para todos. Agora, vão para suas casas e vamos esperar o compadre Chico. Vão rezando e com fé em Deus que tudo vai correr bem!

Os panfletos do Chico, além de falar de sua campanha, ainda ensinavam como prevenir alguns tipos de doenças. Nesta altura, Chico estava mais falado que o Coronel. Então, resolveram marcar um comício no Quiandeua. Todos queriam ver a boca de ferro do Chico tocar. Depois de muito remar, finalmente, na manhã daquele dia ensolarado, chegaram à ouriçada comunidade. Tiro para cá, pra lá, a animação era contagiante. O Coronel e o Chico eram os centros das atenções. Chegando perto das cinco da tarde, Chico fora chamado às pressas, era pra ele ir atender um menino de dez anos. Há mais de dez dias que não defecava. Sua barriga, de tão inchada, estava para explodir.

De posse de uns ingredientes óleo de andiroba, azeite de copaíba e outras coisas a mais; depois de friccionar a barriga do garoto cujo efeito não tardou. Os genitores do garoto estavam contentes. Antes que retornassem, outro moleque entregou ao Chico um pacote enrolado com folhas de bananeira: era beiju coberto com farinha de tapioca.

Você já está eleito. -Falou Pena Forte.

_Que nada, meu companheiro, nesta fornalha ainda tem muita lenha pra queimar. -Respondeu Chico.

Depois de atravessarem um pequeno riacho, chegaram ao arraial. O jantar era pra ninguém reclamar, jantar de gala foi servido à comitiva do coronel Tibúrcio:

Costa de anta moqueada, jabuti ao leite de castanha do Pará e arroz novo torrado no caco. A gulodice quase não acabava, mas a caboclada queria mesmo era ver a tal coisa bocuda, que parecia com um matapi, tocar. Tudo arrumado. Liga pra cá, puxa pra lá, finalmente, chegou o momento que todos tanto esperavam. Mas, na hora H, deu zebra. O não funcionau. Chico estava desolado, juntamente com o restante da comitiva. Os ouvintes, do que seria o comício, bradaram:

_Uuuhhhh! Su mano, o que fui isto entom?

_O gerador não deu conta. -Respondeu um membro da comitiva.

_Muita carga. -Respondeu Chico, aos presentes.

_Ulhe su! Sua poronga quase me queima. -Era dona Fidelguina, mãe de Juca Cachaça.

_O miu filhu butava isto pra rular. -Dona Fidelguina, voltou a falar, procurava chamar atenção.

Passava das seis e meia, quando se aproximou um caboclinho perguntando o que estava acontecendo.

_Quem ele é? -Perguntou Chico, sem desviar os olhos do gerador.

_É o Batoré. -Respondeu um senhor, por nome de Jorge Canela, Chico continuava tentando consertar a geringonça. Não deu trela pro tal. Batoré, vendo que ninguém lhe dava atenção, voltou a insistir:

_Mas como é isso, mesmo? O que é que isso faz? -Chico, voltando-se para o insolente espectador, disse:

_Isso aqui é um gerador.

_E o que é que ele faz?

"Danou-se! Se não a quebra, ainda vem esse sujeito se meter onde não é chamado". -Chico respondeu:

_É por meio dele que funciona o sonoro! -A resposta não foi suficiente, Batoré se aproximou, ainda mais e voltou a insistir, fazendo a mesma pergunta sobre o que estava acontecendo. Na intenção de se livrar do impertinente interrogatório Chico detalhou melhor o ocorrido:

_É o gerador que não quer gerar. -Continuou Chico, apertando um parafuso de rosca cuspida.

_E o que é gerar? -Batoré era tido como o gênio da comunidade, ele sabia tudo e, quando não dava jeito em alguma coisa, ninguém mais se atrevia a consertar.

_É por meio dele que se consegue o choque elétrico!

_Elétricooo...,

"Esta besta lá vai saber o que é isso?" -Pensou Chico, que continuava apertando o parafuso.

_Então, quer dizer que vocês precisam de choque para funcionar esta coisa? -Sim! falou Chico em tom de decepção.

_Espera aí, vou dar um jeito.

_Está brincando! -Chico sorriu e continuou sua peleja.

-Abrindo espaço com as mãos, Batoré caminhou

ladeira abaixo. Meia horas depois, ninguém mais se lembrava do dito, ouviu-se um barulho no rio. Lá vem, lá vem! Uma lanterna deu uma rajada de luz, clareando toda a encosta. Todos correram pra lá e ficaram todos estupefatos. O caboclinho, montado no dorso de um poraquê pedia que lhes trouxessem o fio, em seguida, ligou no nariz do poraquê "peixe elétrico" e a festança foi até o dia amanhecer.

No regresso, Chico teve que atender a mais um chamado, por isso, a caravana voltou sem ele. O Coronel estava feliz da vida, só lastimava não poder participar do outro comício, na embocadura do rio Trivo, num vilarejo de nome Quebra Pote, porque Juanita, sua filha mais velha, ia se casar com um estudante de medicina, um rapaz que acabara de chegar da França.

Cinco remadores e mais dois amigos de Chico o acompanharam em mais um comício. Certamente, não iriam precisar do poraquê, já que o gerador estava funcionando normalmente. Horas depois, chegaram à comunidade Quebra Pote. O silêncio era total. Nenhuma viva alma, ninguém! Apenas seu Malaquias, que de cócoras, acariciava o saco enquanto pitava seu cachimbo de barro ao mesmo tempo em que coçava o dedão do pé direito.

_Malaquias, como era conhecido, ao sorrir, mostrava seus dentes amarelados pelo sarro do tabaco, que consumia em demasia.

_Onde está o povo daqui? -Perguntou Chico.

_Estão lá pro rumo de baixo, é que o Diogo, pescou uma cuisa grande e todos rumaram pra lá. Eu não quis ir. Sabe né! Na minha idade! Se um pouquinho mais nuvo! No meu tempo de mocidade, eu não perdia uma algazarra dessa. Nu meus tempos de nuvo cansei de ficar mais de um mês caçando, nesse matão de meu Deus. Certa vez, eu estava caçando com o Minduca, pela parte da manhã, Nus se separamos um do utro. Ele fui pelo lado de riba e eu pelo lado de baixo. Ondi tinha muito viado, caititu e onça também. Já pela tanta da tarde, ouvi um grito que vinha do outro lado da ladeira, laderumi, artu qui só. Pelo modo di seu gritu, devia ser o Minduca, entonse risplvi e respondi. Outro grito de lá e...., lá vem, lá vai, grito lá, grito cá, foi aí que desconfiei que não se tratar Du Minduca. O grito era muito diferente, estranhei, era ruco, assustador. Malaquias dá uma pitada no seu cigarro enrolado em palhas de milho, tosse e recomeça seu causo:

_A terra tremia e us pau balançava. O que fazer, me peguei cum Som Cusme e Som Damion? Achu qui u santu me orietu. Discidi, vou subir numa arvure dessa! Esculhi o bem isgalhado o mais arto e trepei. Daí por dianti num respondi mais. O negócio vinha, que vinha, no meu rumo, balançundo os matos, rebuliçando cum tudo. Meu jisus, que cuisa horrível! Cumo era feio! O monstro tinha uns três mertros de artura, todo cabeludo, não dava pra ver seu coro, porque o cabelo cubria tudo. -Outra pitada, o contador de causo estava entusiasmado.

_Uma catinga danada, quase que espirru. Se me façu de besta e fizesse esse feitu, era o meu finar, com certeza o bicho mi discobriria, intonse, aí ele deu mais um gritom, bem embaixo de mim, quase caí! A munganga estava roendo o braço do meu cumpanheiro e com o resto do corpo no seu umbro. Pude vir que, quando   ele gritava, seu embigu se abria e parecia uma flor de girassó. -O velho foi lá dentro acender o cachimbo e Chico aproveitou o momento e falou:

_Seu Malaquias, vou dar uma olhada no bicho que o

moleque pegou. -Falou baixinho para os outros:

_Já ouvi esta história, mais de dez vezes, em seguida ele conta a da baleia. Esta é longa e chata, vamos logo antes que ele retorne. -Desceram o barranco e embarcaram no batelo, indo rio abaixo. Duas horas depois, avistaram o porto onde o moleque tinha fisgado o tal bicho, realmente a coisa era séria, dado o número de pessoas.

_Rema mais depressa! -Falou Chico.

_O que é que está acontecendo? -Perguntou Chico a outro senhor que emparelhou sua montaria à dele.

_Foi o Fidargo, que estava pescando piaba, e fisgou uma baita tartaruga. Baita não, uma tartaruga gigante! Ele é aquele moleque, ali. -Apontando com o remo, o homem mostrou o moleque que agitava freneticamente as mãos, parecendo querer empurrar o quelônio ladeira acima.

_Quantos bois! -Clamou Chico.

_São vinte garrotes, mais cinco vacas e três bezerras.

_-Respondeu o senhor, com voz bastante entusiasmada.

_Puxa pra lá, calça de cá e, mesmo contra a sua vontade, a gigantesca estava sendo retirada d'água. O moleque não parava de gesticular.

_Ninguém notou a presença de Chico e seus companheiros, só depois de dividirem a farta carne é que foram falar com Chico.

ANTES A QUIMERA, À SINA
DO CASTANHEIRO

_Isto é o que não me faz sentir bem. Vejo esse povo sofrido, muitos sem terem onde cair mortos e mesmo assim, ainda têm forças para brincar.

_Não viam que aquele vinho era fruto de suas próprias desventuras, de suas angústias, sofrimentos e dor. Gritos de viva eles..., isto só serve para aumentar minha desilusão. Chico pensava e riscava o chão com o dedo, refletia.

_O conjunto tocava e de maneira animada e sorridente eles sapateavam, Chico sentou-se sobre a raiz do que fora no passado uma frondosa árvore, um já quase extinto castanheiro, lembrando-se dos versos do poeta esquecido, um trovador de viola que ponteava muito bem esses versos:

Antes a quimera, à sina do castanheiro És meu mundo transformado em pó;

A viva folha verde esbranquiçou;

O caule que era polifilo seco quebrou;

O fruto, que era doce, nunca mais vingou; Oh! Embaraçada vida de martirizada dor;

De fastigiado, hoje, sem aroma, sem ramo e sem flor; O teu pêndulo sucumbiu se transformou;

Onde está o teu ranger, quando sem querer tuas folhas espalmadas pelo vento;

Esbarrava-te na tua amante? Onde está a luz que

clareava o tenebroso breu;

Cujos pirilampos errantes, fugiam sem dizerte adeus? Para onde foi a jacupemba, que flutuava a gorjear?

_E o uirapuru, com seu encanto, não pode mais te alertar; Do perigo que corriam em ver tua terra mutilar;

Das queimadas que brotavam no teu chão, ou pelo corte navalhado, sem compaixão?

O cantar do uru preto, sempre atento a esperar;

Que brotasse um grelo novo, pra poder se alimentar; O presente é tão sinistro, só me faz triste lembrar; Como eras? E o que fostes?

Triste e pensativo, fico especulando;

Por que nada te fizeram, pra tua vida salvar?

Lúgubre ciência! Que nem tentou projetar um antídoto, contra a fúria desta raça que não quis te preservar. Não mexia com ninguém! Nem saia do lugar! Levava a vida sorrindo, tuas folhas a balançar;

Os teus braços tão compridos tentavam o mundo abraçar;

Não pensavas que, um dia, teu sorriso calaria;

E os teus frutos iam cair, para nunca mais germinar.

As cascas enrijecidas pelo sol, hoje sem folhas, sem galhos, sem frutos, sem nada. Apenas um espigão apontando para o alto, onde as preguiçosas aves empoleiravam-se para dormir.

_Malditas mãos! -Continuava Chico, em voz baixa:

_Mãos que ferem e torturaram, de forma tão impiedosa. Acho mesmo que esse mundo não tem jeito, somos todos monstros, umas bestas desumanas. -Chico estava transtornado. -Chico acendeu um cigarro e deu quatro pitadas, jogou fora jurando, para si mesmo nunca mais botar outro na boca.

_Coisa nojenta! Nunca mais botarei este troço em minha boca. -Olhou pela última vez para o toco de cigarro do qual ainda escapava uma fumaça azulada e poluidora de pulmões. Um homem de porre, com o fundo da calça rasgado e os bolsos ao avesso sburgados para o lado de fora, a julgar pelas aparências, estava mais liso que um quiabo. Ele se aproximou de Chico lhe oferecendo um copo de vinho. Chico gentilmente disse que não queria beber. -O homem o olhou fixamente e de um só gole tomou todo o conteúdo.

"Grande proeza!" -Pensou Chico que se dirigiu para a casa do seu compadre; Tibúrcio bateu à porta e Tissa, veio atender.

_Entre! O coronel Tibúrcio está lá dentro com os outros. -Chico aproximou-se dos demais que conversavam de forma animada.

_Sente compadre, o senhor tá gostando da festa?

_Muito. -Mentiu, não adiantaria falar a verdade.

_É, tem muita gente se divertindo.

_É, o povo gosta muito dessas coisas. -Falou Casca Dura.

_Tissa! Traga um pouco de licor para o compadre.

_Não se preocupe comigo.

_Vamos, se alegre! Na nossa posse a festa vai ser desse jeito; bastante comida e bastante bebida!

_E muita mulher! -Entrou na conversa Pena Forte, quase cortando o Coronel que se levantando foi até perto de um homem que trajava conjunto azul marinho com camisa branca e sapatos polidos.

_Meu compadre, este é o Dr. Arruda. Ele está aqui ao meu chamado. É um grande especialista em campanha política. Todos, que ele assessorou, ganharam.

Chico não foi com a cara do tal doutor e parece que a recíproca era verdadeira. O Dr. Arruda não ligou muito para o recém-chegado. O Coronel insistiu:

_Este é o mais novo dos meus companheiros de campanha, quero que o senhor fale bastante com ele.

_Não seja por isso, coronel Tibúrcio, a minha missão aqui é fazer com que tudo corra muito bem e que todos saiam ganhando.

O Dr. Arruda tinha bom manejo no trato com as palavras. Era do tipo que não perdia tempo, nem desperdiçava oportunidades. De imediato, foi estendendo a mão para Chico. O aperto foi demorado, o doutor tinha por hábito, balançar a mão de seus cumprimentados. A pressão foi tão forte que o anel de ouro maciço de Chico quase feriu seu dedo.

_Seu Chico, o senhor é um homem de sorte.

_Como de sorte, doutor?

_O senhor está do lado certo, do lado do homem que vai administrar mais uma vez essa terra. -Sem esperar resposta, o doutor se afastou em direção contrária, voltando-se repentinamente, perguntou:

_O senhor é o homem da vitrola?

_Da ..., da vitrola? -Chico se fez de desentendido.

_Da boca de ferro. -Falou Casca Dura, pigarreando a garganta, era seu cacoete dar um soluço no fim da frase.

_Sim, sim, a picape. -Sem jeito, Chico confirmou.

_Seu Chico, amanhã conversaremos.

_A que horas, doutor?

_Lá pelas dez, o que me diz?

_Está bom. -A conversa continuou de forma animada, mas algo dizia que aquele doutor ia trazer complicações. Pelo menos, foi a sua primeira impressão. Passava das três horas da manhã.

Campanha: ritmo difícil de acompanhar

Depois da conversa que Chico teve com Santuário, muita coisa se abriu e ele começou a ver as coisas com mais clareza.

_Tu achas, home que este teu amigo está mesmo te ensinando as coisas do lado certo?

_Claro, mulher! Ele é meu amigo e não me enganaria, de jeito nenhum, nele confio.

_Se é que é assim, continue confiando.

_Mulata, essa gente, os políticos, são de amargar, é cobra engolindo cobra, estão achando graça para você, mas..., no início, todos eram muito bonzinhos, Chico pra cá, Jurubeba pra lá. Agora, quase nem falam comigo, até parece que sou inimigo deles!

_E és! Logo não vês, que quem votar em ti, não vai votar neles?

_Sim! Isto é verdade, ocorre que somos do mesmo lado.

_Do mesmo lado? Que lado, home? Que lado? Não te faz e verás!

_Não é possível! Bem que notei umas lengalengas no meio deles, mas pensei se tratar de outras coisas.

_Modo de falar, modo de falar! Tenha cuidado para não se meter numa encrenca daquelas.

_E agora, com a presença desse doutor.

_Como, assim?

_Ele me deixou amassando barro o tempo todo. Até parecia que o compadre não nos tinha apresentado! Caneco, Casca Dura, Vicente Pinto, Santana, Da Costa, Mirlano, Manoel Teixeira, Diogo Forte, Carlos Augusto Sobrinho, Israel Tempero e os demais, o Dr. Arruda conversava mais. Comigo, trocou apenas algumas farpas de conversa.

_Não te preocupes! Eles estão é sentindo que tu vais botar areia na paçoca.

_Estou arrependido de ter entrado nesta coisa.

_Mas agora é tarde! Vá até o fim.

_E o que mais me deixa chateado é que o compadre até parece nem ver o jeito que eles estão me tratando.

_Lá no igarapé, as mulheres estavam falando que o

Pedro não quer apontar o coronel Tibúrcio para ser seu candidato a prefeito. Uma delas falou que estão armando uma cilada para tirar o Coronel da parada.

_Que história é essa mulher? O que estás falando?

_É isto mesmo! Pelo que ouvi, o Coronel não vai contar com o apoio do prefeito. Vão lhe dar o corte.

_Se esta conversa que ouviste for verdade, coitado do compadre!

_E de ti também. -Mulata sorriu.

_Desde que me candidatei, nunca mais vendi remédios pro povo do outro lado.

_É assim mesmo: quem é do lado de cá, é do lado de cá; quem é do lado de lá, é do lado de lá..., mas como é isso, mesmo? Ele não tem dinheiro?

_Não, mulher! Não é que ele não tenha. Ele não quer gastar do dele. Mas comigo não vai ser assim, vão ver! Me elegendo eles vão comer do lado torto. Comigo não.

_Hum! Cala-te, home! Fica calado. Em boca fechada, não entra mosquito. Se eles te escutam, vão te cozinhar em banho maria.

A esposa de Chico franziu a testa e saiu enxugando um prato, com um guardanapo de saca de açúcar. Chico foi até a janela, que dava para a rua, e ficou observando as pessoas passarem. Resmungou em voz baixa:

_É isso, mesmo; uns plantam e outros comem.

Um garoto deu um recado ao Chico; o Coronel queria falar urgente com ele. Coçando a barba de três dias, falou novamente em voz baixa:

_Acho que já começou a feder. -Calçou o sapato e saiu, Chico queria saber do que se tratava a chamada. Se não estava enganado, a conversa do igarapé já tinha chegado aos ouvidos do Coronel.

Bom dia, compadre!

_Bom dia, meu compadre Chico! O modo de tratar do Coronel: "meu compadre" forçou Chico a ficar na defeas, vinha chumbo grosso, justo e feito.

_Compadre, nem sempre a gente pode contar com os tratos. -O Coronel andava de um lado para outro, não sossegava.

_E o que é, desta vez, meu compadre? -Chico, se faz desentendido.

_Você nem imagina! O Pedro Teixeira está com dança de ratos.

_Como, dança de ratos, compadre?

_Ele acha que tem de consultar as lideranças das comunidades para saber quem eles apontam como candidato.

_E daí, compadre, o senhor está preocupado?

_Preocupado, eu? Não! Estou é insatisfeitinho da silva.

_Ora, meu compadre, o senhor tira isso de letra, tenho certeza.

_O senhor pensa? O senhor pensa do coronel Tibúrcio, deixou Chico consternado.

_Não só penso como tenho certeza.

_Não tenha tanta certeza. Se o Pedro não me quiser, as lideranças vão entender, ou melhor, já estão entendendo. Só a razão de o prefeito os consultar, já é uma forma de lavar as mãos.

_É, meu compadre, quem quer ser grande deve nascer viçoso.

_Como é, mesmo?

_Nada, compadre! O que é, mesmo, que o senhor quer de mim? Chico, não repetiu o adágio.

_Que aliados são esses?

_É uma turminha liderada pelo tal de Nenga. Ele quer que o sucessor do prefeito seja um ou outro. Eu não conto na sua lista.

_Então, compadre, caia na cacaia.

_Cacaia! O que quer dizer com isso, compadre?

_Quer dizer; caia no mato, vá à luta, visite os eleitores, fale com eles e conte muita lorota, eles gostam.

_O Coronel coçou a barba avermelhada, meditou e disse

_É isso, mesmo, o que vou fazer. Quero dizer, vamos fazer.

_O senhor já devia estar fazendo. E, se o senhor me quiser, vou também.

O Coronel aceitou, marcaram a primeira visita para o próximo domingo, iriam visitar quatro comunidades: as do lado esquerdo do rio eram tidas como as mais importantes, depois, as outras.

Domingo; logo pela manhã, saíram o Coronel, Chico, Justino, Israel Tempero, Maximiano, Sobrinho, Casca Dura e Pena Forte. O coronel Tibúrcio, no papel de caudilho, procurava repassar uma visão de quem não está preocupado. Ele seguia quase à frente da turma. O barco atracou e todos saltaram. Dando sinal de cansaço, as tábuas velhas e apodrecidas do improvisado trapiche rangeram, quem sabe, suplicando por um reparo, pediam socorro. Ninguém os esperava, já que a visita tinha o caráter de visita surpresa.

Seguiram em direção à capela local, onde os comunitários estavam reunidos para a celebração do culto religioso. Adentraram. A celebração ainda não tinha começado e os comunitários vieram cumprimentar os visitantes. Muita cordialidade e todos se agregaram aos toscos bancos, de forma amigável e fraternal. Em seguida, foram agraciados com uma xícara de café. Antes que terminassem de ingerir o aromático líquido, a rádio comunicou que, em breve, estariam transmitindo a Santa Missa, diretamente da igreja de Santa Luzia.

Todos tomaram seus assentos nos bancos compridos da capela e a conversa foi interrompida. De pé, para o início da celebração. Na hora da homilia, o sacerdote abordou a prática do aborto, como tema principal de seu assunto:

"Já pensou, se a Santa Virgem usasse da prática do aborto, qual o prejuízo para a humanidade? Hoje, é comum vermos casais de jovens, namorando em lugares pouco recomendados, procurando o escuro, porque o escuro? Só as coisas erradas são realizadas no escuro, os malfeitores usam a escuridão para camuflar seus pecados";

"A Igreja condena as práticas que vão ao encontro às Leis de Deus. O namoro é parte importante na vida dos jovens, o jovem deve conhecer seu companheiro, mas..., para se conhecer alguém, não é preciso esse agarra, garra, sem fim. Nem tampouco, necessariamente ficar pendurada na boca do rapaz!".

_Que caminho é esse que estamos seguindo, que caminho?

_Não temos o direito de retirar a vida de ninguém; o direito à vida é sagrado; uma oferta Divina.

..., prol do bem estar da sociedade..., Pelo jeito, o sermão não acabaria tão logo, -O reverendo prosseguiu:

_Por que tirar de um pobre, de quem precisa? Está se aproximando uma nova eleição e o povo mais uma vez será cortejado pelos políticos.

_Políticos, esses, que, em muitos casos, só sabem ou só procuram os eleitores em épocas de campanhas...,

_O juiz, o promotor, o delegado, o prefeito, o vereador e, finalmente, todos os que exercem uma função pública são empregados do povo, filhos e irmãos! Lembrai-vos do povo escravo que foi salvo pelo poder de Deus..., -O Coronel, tal a sua inquietação no assento parecia estar sendo picado por percevejo. Finalmente, o sermão terminou. Na hora do ofertório, o Coronel pediu para uma criança levar sua doação. O canto final, em seguida, os avisos.

_Como não temos mais nada para comunicar, destino a palavra aos nossos visitantes. O coordenador franqueou a palavra ao Coronel que se levantando dirigiu-se para perto do altar. Os presentes o saudaram com palmas, o Coronel agradeceu curvando-se. Um breve silêncio e em seguida, a voz pausada e acentuada do coronel Tibúrcio se fez ouvir:

_Meus amigos e irmãos em Cristo! Estou aqui mais uma vez para me comunicar com todos vocês. Vim de surpresa, sem mandar avisos, estou na acompanhado de meus amigos e seguidores nessa incessante busca de soluções para a nossa terra, em particular, porque não dizer, para esta comunidade. -Fez pausa, olhou para todos como que conferindo e logo reiniciou a fala:

No papel de vice-prefeito, nada, ou quase nada, pude fazer, sobre aquilo que tanto tenho vontade de realizar. Só espero ter a oportunidade para botar em prática tudo que tenho planejado. Como se sabe, prefeito é prefeito e vice é vice. O vice apenas espera acontecer e torce para dar certo, para que tudo corra da melhor maneira possível e que o povo seja bem servido. Então, aqui me coloco ao vosso inteiro dispor e se tem alguém que queira fazer alguma pergunta, proponho-me na medida do possível responder.

A falta de modéstia do Coronel quase o levou à falência, era Zé Canuto; homem falador e de certo grau de conhecimento, à altura de discutir política, não era simpático ao Coronel.

_Coronel Tibúrcio! O senhor, na qualidade de vice-prefeito, será que o senhor não pode mesmo fazer nada por nós? -A pergunta, além de direta, era tendenciosa.

_O vice-prefeito não tem voz ativa para nada, ou melhor, não pode atuar na execução dos trabalhos, digo, das obras.

_Mas nos tempos de campanha, os senhores diziam

que iam realizar isto e aquilo mais, ou não diziam?

_É que a linguagem de palanque é esta, falamos por todos, é um grupo unido.

_Me diga uma coisa: quem elabora os planejamentos, o senhor não participa dessa operação? O Coronel olhou para um lado, para o outro, faltando terra nos pés, procurou alguém para se segurar. Ninguém e pelos olhares especulativos, esperavam pela resposta, nem precisava ser adivinho para saber que àquela reunião ia pegar fogo. O Coronel não esperava encontrar ali, aquele sujeito indesejável. Zé Canuto, ao perceber a manobra da velha raposa, fez outra pergunta em cima da anterior:

_Quais são os orçamentos para esse ano, Coronel? Esta pergunta pegou o Coronel ainda mais desprevenido.

_Nesse..., nesse ano, nesse ano, vamos gastar..., olhou para Casca Dura, colocou a batata quente em sua mão.

_Temos aqui um dos nossos vereadores, o senhor Casca Dura. Ele bem que pode responder a esta pergunta do seu Zeca.

Os presentes se voltaram para o lugar onde estava Casca Dura, que, levantando-se, disse:

_O orçamento deste ano ainda não foi aprovado. -O Coronel arregalou os olhos num gesto de desaprovação.

_Como, vereador! Como não foi aprovado?

_É que o prefeito ainda não mandou o projeto para ser apreciado, Coronel.

_Mas não é possível! Viagem Nossa Senhora! -O Coronel levou as mãos para o alto, como quem pede clemência.

_Claro Coronel! Somos vereadores, não podemos fazer tal plano. É de competência do Executivo. -Zé Canuto botou mais lenha.

_Coronel! A maioria aqui não conhece ou nunca viu um plano desse, não daria para o senhor mandar pra nós? -O Coronel olhou para Pena Forte como quem pede afirmação. Esse o olha e balança negativamente a cabeça.

_Não, seu Zé, não dá para mandar este documento pra comunidade, é muito volumoso, mesmo assim, acho que aqui ninguém iria se interessar por ele. -A voz do Coronel começou a ficar áspera, demonstrava sinal de nervosismo. Foi pedir apoio e em lugar disso, estava participando de um inconveniente debate. Tentou mudar o rumo da conversa:

_Outro não gostaria de fazer outra pergunta? -Perguntou olhando para o fundo da capela.

Pedro Agenor, conhecido por Pedão se manifestou, queria perguntar alguma coisa, o Coronel, imediatamente autorizou.

_A pergunta que quero fazer aos senhores é baseada no sermão do padre. Ao pronunciar a palavra, padre, o Coronel, ficou logo se coçando, Pedão prosseguiu:

_Se os senhores são mesmo trabalhadores nossos quanto ganham o senhor Coronel e quanto ganha o vereador? -A pergunta foi bombástica, só se via gente cochichando. Pelo jeito o Coronel não estava com sorte, de onde tinham saído aqueles atrevidos.

_É...! Parece que vocês aprenderam rapidamente a lição do padre. -Respondeu sorridente o Coronel, todos acharam graça, o Coronel estava acuado.

No caminho de volta

_Meu compadre, você viu aquilo? -O Coronel referia-se ao comportamento dos comunitários, em especial dos dois.

_Se a moda pega, ai..., ai, dos candidatos antigos!

Sem querer, o Coronel enfiou uma carapuça em Casca Dura que sorrindo, fingiu nada ouvir, assobiou para disfarçar.

_É, vamos ter que tomar mais cuidado. Já pensou se pegarmos, em cada comunidade, uma dupla desta? Estaremos fritos! Voltando-se para Pena Forte, o Coronel falou:

_Pena Forte! Quero que você contate, o mais breve possível, com os dois. Quero esses cabras trabalhando para nós, viu?

_Amanhã mesmo, Coronel! Volto aqui para fazer uma sondagem.

_E muito bem feita, quero ver os dois trabalhando na minha campanha.

_E se eles já estiveram comprometidos? -Perguntou Justino.

_Não é possível! Dobre o preço! Não quero esses cabras, soltos por aí! Eles são por demais salientes, não gosto de gente assim. Dê um jeito Pena Forte, faça o que deve ser feito, quero esses homens conosco, certo?

_Certo Coronel!

_durante o retorno os dois foi o assunto e o Coronel não se cansava de se questionar:

_Mas como pode? Aquelas duas bestas terminaram jogando areia na nossa paçoca.

_Não, Coronel, eles não conseguiram jogar, apenas tentaram. -Falou Israel Tempero, seu puxa número três.

_Como não? Aqueles camaradas? Até parece que estavam ali de propósito!

_Não posso acreditar! Eles, apenas, se entusiasmaram com o sermão do padre. -Exclamou Pena Forte, em tom zombeteiro.

_Mas é preciso tomar mais cuidado. Já estava sendo transmitido pela rádio o sermão do padre, com certeza, foi ouvido também nas outras comunidades.

_O senhor não acha que é melhor escrever para o bispo?

_De certo modo, sim! Mas vamos esperar mais um pouco.

_Marinheiro só fecha a porta depois de roubado.

_É, você tem razão, Justino.

_Claro, Maximiano, claro!

_Chico, Justino, Israel Tempero e Maximiano iam à frente, o coronel Tibúrcio ia sentado entre Sobrinho e Casca Dura Pena Forte vinham mais atrás. O coronel Tibúrcio detestava andar, tanto na frente como atrás. Dizia ele que a onça pegava sempre o de trás, nunca o do meio. Quanto ao da frente, ele não dava designação nenhuma, mas os outros completavam dizendo que é em quem o tiro pega primeiro. O coronel Tibúrcio voltou ao assunto:

_Acho que v...., vamos ter que tomar algumas providências.

_De que tipo, Coronel?

_As de sempre, Pena. Vou falar com o padre local, ainda hoje.

_É assim que se fala! Falou o puxa número dois, Casca Dura.

A conversa continuou até que avistaram à frente da cidade, próximo ao coreto se despediram e cada um seguiu o seu rumo. O coronel Tibúrcio seguiu para a casa paroquial, estava decidido, ia falar com o vigário, seguido por Israel Tempero Aguiar.

_Padre, o senhor, não sabe da melhor, quero dizer, da pior.

_Fale-me primeiro da melhor, depois o pior. -O padre era brincalhão. Antes de conversar com alguém, primeiramente, deixava seus interlocutores bem à vontade.

_O senhor sempre está de bom humor!

_Claro, meu nobre, Coronel. Isto é tudo que se leva desta vida. Se você não tem uma boa amizade, sugiro que a consiga. Mas, antes que o senhor comece a falar, lhe pergunto: o senhor não tem vindo à missa nesses últimos domingos. Onde o senhor tem andado?

_É padre, estou numa missão.

_Mas não é uma missão santa, é?

_Digamos que sim, digamos que não.

_Como digamos que sim, digamos que não? Um homem como o senhor..., -Neste momento, o Aguiar pigarreou a garganta, como quem pretende ser notado e inserido na conversa. O padre, entendendo o descaso, por ele, contemporiza:

_Desculpe-me, filho, é que já estou tão acostumado com você que nem..., você está me devendo uma partida na dama. -Recuperou-se o velho vigário. Israel Tempero sorriu e o padre continuou sua conversa com o Coronel.

_Não vê, padre? Que vexame! No meio daquela gente toda e aquele sermão danado de conspirador, o povo me olhava da cabeça aos pés, até parecia que eu tinha cometido algum sacrilégio e, como se não bastasse, apareceram dois sujeitos fazendo um bocado de perguntas, claro, insinuados pelo sermão.

_E que tipos de perguntas eram, Coronel?

_O que era isso, o que era aquilo, por que isso, por que aquilo mais. -O Coronel não queria repetir as perguntas. Procurou rodear, o padre entendeu, não forçou.

_Mas o que é que vocês querem, mesmo, de mim? -Redimiu-se o vigário, colocando o pronome na segunda pessoa do plural.

Israel tomou a frente e falou:

_Que o senhor mande uma carta de repúdio a esse padreco. Ele está muito insolente, não é Coronel?

_É isso, mesmo. Ele, ele é muito agressivo, quando

estava falando das tais pílulas, do namoro no escuro, ia bem, mas, quando descambou para a política, aí a coisa começou a feder. O pior, é que o povo gostou! Mas falou e falou, falou tanta besteira, que até tirei um cochilo. -Ironizou o Coronel.

_E os senhores nem sabem da melhor.

_Que melhor, padre?

_Esse padre, tão contestado, é quem vem me substituir.

_Nãaaooo! Não é possível!

_Sim. Está tudo certo, ele vem me substituir.

_Mas como, padre? O senhor é tão querido!

_Isso não vem ao caso, meu tempo exauriu se.

_Como é, mesmo?

_Terminou, Coronel? Vou para outra paróquia e é este o padre que vem ficar no meu lugar.

_Leopoldo..., Leopoldino! É este, mesmo, o nome dele?

_Sim, senhores! É este o seu nome, mas não se incomodem: ele é muito atuante.

_Disso tenho certeza. -O Coronel voltou a Ironizar, balançando negativamente a cabeça.

_Era só o que faltava! Depois da queda o coice, depois dessa, me despeço, até logo!

_Até mais ver! Que Deus os abençoe. Vão com Deus!

Os dois saíram gesticulando, o padre os acompanhava com o olhar, falando em voz baixa, disse:

_Vocês não sabem o pepino que vem. Aguardem e verão.

Tom de violeta

A cidade estava preparada para receber o novo sacerdote.

Todos se perguntavam:

_Como ele é? De onde ele vem?

O Coronel, juntamente com a sua equipe, tinha feito de tudo para que o novo padre não viesse para a sua cidade. A causa era o sermão que tinham ouvido pelo rádio, tinha deixado com a pulga atrás da orelha. Mesmo assim, era esperar e pagar para ver.

A tarde tinha um tom de violeta escuro, aquele crepúsculo era diferente dos demais. O contraste das nuvens coloridas, o sol envergonhadamente se escondia da forma de como desaparecia dava entender não querer separar se das frondosas e floridas árvores, que margeavam o imponente rio de água esverdeada.

O barco a motor que conduzia o sacerdote despontou na curva do rio mostrando sua tromba d'água espumosa em seu talha mar. O pipocar do primeiro tiro de artifício vindo do barco denunciava que aquela navegação transportava o ministro dos sacrifícios, um homem que mesmo sem ainda ter chegado, já cria tantas especulações, o que deveria ser natural no meio dos fiéis, menos no político.

O padre tinha estatura mediana, não era o que muitos esperam ver. Tez morena clara e olhos castanhos escuros, cabelos ondulados e negros. Usava saturno e batina preta, protegendo os pés, sandálias de tiras de couro, presas por umas fivelas douradas. Ao desembarcar, o rosto do padre não demonstrou surpresa. Foi recebido com muitas saudações e louvores. O prefeito não foi ao seu encontro, estava para o interior, estava sendo representado pelo seu vice, o coronel Tibúrcio.

_Seja bem-vindo à nossa cidade, padre Leopoldino. - Em tom amigável, falou o Coronel.

Retribuindo o gesto gentil, o sacerdote trocou cordialidade com ele, em seguida, caminhou para perto da multidão, fez um gesto com as mãos e foi bastante aplaudido pelos presentes.

Na casa paroquial, uma recepção o aguardava: um jantar especial o aguardava preparado por dona Carlete. Depois de banhar-se foi provar o tempero da dedicada cozinheira. A seguir, sem falar mais com ninguém entrou no seu quarto.

_Aquele domingo era diferente. O padre novato chamou muita atenção da comunidade. A celebração foi igual às demais, nada de novo, apenas o sermão.

Novamente o sermão

_Meus, caríssimos, irmãos em Cristo, esta paróquia tem um novo padre! Um Ministro de Deus, responsável pela boa orientação do rebanho. Os padres deveriam ser do mesmo jeito, falar as mesmas coisas e agir do mesmo modo. Mas não é assim! Eu, por exemplo, sou bem diferente do meu antecessor, padre Pilharem, a começar pelo nome. -Os presentes sorriram.

_Ele pensa de um jeito, eu penso de outro. Mas

nosso objetivo é, tão somente, servir ao nosso Glorioso e Bem Aventurado Deus, Nosso Senhor Jesus Cristo, do qual somos a sua semelhança. Dele recebemos tudo e, em troca, não damos quase nada. Somos pecadores e cheios de pensamentos duvidosos, mesmo assim, Deus perdoa tudo! Basta ir ao confessionário, pagar a penitência e pronto: voltamos pra casa e cometemos mais injúrias.

_O mundo é cheio de tentação, é repleto de oportunidades tentadoras. O demônio dilacera e perturba, não quer a paz, espalha a discórdia e a malquerença entre o povo santo de Deus. Caríssimos, esta Paróquia não é do padre, esta Paróquia é de vocês. A Igreja não é do padre, é do povo de Deus! Por isso, ela deve ser conservada, bem tratada e, acima de tudo, respeitada. Não quero que as distintas irmãs, sejam solteiras ou casadas com decotes exuberantes e tampouco, vestido curto.

_Quero contar com a compreensão e contribuição de todos. Alguém pode até dizer eu contribuo, dou minha oferta, cumpro com minhas obrigações. Depois quer mandar no padre, quer ser o dono da igreja. Não! Não deve ser assim! Todos são iguais, não quero uma igreja de minorias, quero uma igreja de maioria, quero uma igreja participativa, uma igreja solidária, que exista fraternidade. -Israel Tempero bateu no ombro do Coronel e disse baixinho:

_Acho que ele não vai repetir o sermão da rádio.

_Claro que não! Ele não está mordido da porca.   -Retrucou o Coronel. Voltaram a prestar atenção ao sermão.

"Não quero impor, mas vou pedir que as coisas de Deus sejam respeitadas. Não devemos temer a Deus, Deus é para ser amado, sei que não será preciso pedir de viva voz, mas, se na minha próxima celebração eu ver uma mulher vestida da forma como está aquela ali, não a deixarei entrar na igreja". -O dedo do padre voltou-se para uma jovem que trajava vestido azul de mangas curta e bem decotado.

O Coronel olhou para Israel Tempero e fez um gesto afirmativo com o polegar da mão direita, virando-se para a jovem, que se retirava, falando baixinho, disse:

_Com isso concordo plenamente! Onde já se viu? Por isso é que o mundo está virado, a culpa é delas!

_É infinitamente inaceitável! Ou praticamos religião, ou faremos baderna..., devemos nos apresentar conforme a festa! Não quero esse negócio de grupos, não existem vários grupos, aqui haverá apenas um! O do Senhor Jesus. As decisões comunitárias serão tomadas por todos. Oremos. -Esse padre é uma parada! Dizia um.

_Não sei não! Se depender de mim, ele não vai ficar muito tempo. -Falava outro.

_Por mim, ele vai ficar pelo resto da vida. -Comentou dona Sofia, uma beata fervorosa.

Os dias se passaram e o padre era o assunto de todos, logo ganhou a confiança e o respeito na paróquia. Em determinada reunião o padre virou-se para o prefeito e disse:

_Não quero mais a cozinheira.

_Como seu vigário, ela não sabe cozinhar?

_Não é isso, senhor prefeito! É que descobri que ela é paga pela prefeitura.

_E daí, não pode?

_Claro que não!

_Como não, seu padre?

_Quem tem que pagar a cozinheira é a paróquia e não a prefeitura. Não é nada contra a senhora D. Carlete, sou contra esse sistema enganador.

_Como, enganador seu padre?

_Enganador seu prefeito, não quero entrar no mérito da questão, mas o senhor deve mesmo é se preocupar com a educação, saúde e outras coisas mais. Daqui pra frente, não quero mais a interferência de outro poder na igreja.

_O senhor está louco, padre!

_Não, senhor prefeito. Estou é sendo franco e sincero. –Virando-se para dona Carlete, disse:

_A senhora pode continuar cozinhando, mas, daqui pra frente, quem vai pagar à senhora é a paróquia e não a prefeitura, certo?

Vários assuntos foram debatidos. Aos poucos, o jovem vigário ia botando as coisas nos eixos. No dia seguinte, na casa do prefeito, podia-se ouvir o seguinte diálogo:

_É, seu prefeito, esse padre parece ser osso duro!

_É, Coronel, acho que não vamos dominá-lo. Ele não gosta de dinheiro e isso não é nada bom. Os festejos estão se aproximando e só quero é ver, se a prefeitura não ajudar, como é que ele vai se arranjar.

_Vamos aguardar e ficar de longe! Bem de longe!

_Por um lado, até que gosto dele, mas por outro...,

_Como ele mesmo disse: ninguém agrada a todos.

_Só que, ele quer agradar a todos.

_Ou a quase todos.

A voz do Coronel era desdenhosa, um cacoete que tinha, quando as coisas não estavam indo muito a seu gosto falava fanhoso.

Chico se encontra com o padre e fala de seus planos.

_Padre Leopoldino, bom dia!

_Bom dia, meu filho. Em que posso servi-lo?

_Estou fazendo uma visita de cortesia.

_Mas isso é muito bom! Você mora aqui mesmo na cidade?

_Sim padre, aqui mesmo. -O reverendo era muito astuto, Chico teria que medir, muito bem as palavras.

_E o que é que você faz, quero dizer, em que você trabalha?

_Vendo remédios caseiros, remédios do mato.

_Mas você não é macumbeiro, é?

A pergunta do padre pegou Chico desprevenido, mesmo assim, respondeu com segurança e rapidez:

_Nem curador! Sou apenas um estudioso do assunto, herdei de meu falecido pai.

_Que bom! Este tipo de trabalho é muito eficaz. E como é? A comunidade o aceita?

_Sim, aceita. Vou vendendo meus preparados, de acordo com a necessidade.

_Mas algo me diz que você tem algo mais a me falar.

_É que sou candidato a vereador e não tenho muita experiência, quero dizer, conhecimento no assunto. Quem sabe o senhor poderia me ajudar?

_Mas como ajudá-lo, a paróquia não tem recursos?

_Não é isso que quero meu padre.

_E o que é?

_Ouvi o seu sermão pela rádio e fiquei impression-ado com as suas colocações. -Chico parecia ter acertado no alvo, prosseguiu:

_E, por isso, acho que o senhor bem que pode me ajudar na formulação de meu programa de trabalho.

_Se é assim, vamos ver o que posso fazer. Passe aqui amanhã, pela parte da tarde, lá pelas quatro horas. Está bom pra você?

_Sim, está. -Chico despediu-se do padre, que o acom-panhou até a porta. O padre, além de franco, era educado, franco e atencioso.

_Olhe, Coronel! O Chico que vai saindo da casa do padre?

_O que será que ele está querendo?

_Não sei, não! Mas vamos descobrir!

_Como é que ele vem falar com o padre e não me comunica? Já está passando os pés pelas mãos? Não é possível! Acho que dei muita corda para o compadre. Vou ter que apertar mais o cabresto.

_Eu bem que lhe avisei! -Chico se aproximava, os dois mudaram de assunto.

_Ei! Compadre!

_Oi, compadre! Olá, Tempero.

_De onde você vem assim? -O Coronel fez-se de desentendido.

_ Da casa do padre. -Chico respondeu com determinação.

_E o que estava fazendo por lá? -Perguntou, meio sem jeito, Israel Tempero.

O Coronel pigarrou a garganta, como quem não aprova a pergunta. Chico conhecia muito bem aquela gente e preferiu matar a curiosidade dos dois.

_Fui me aconselhar!

_Como, aconselhar?

Novo pigarro do Coronel, desta feita, Chico não respondeu. Limitou-se, fez cara de desaprovação, despediu-se e saiu.

_Acho que pisei no calo dele, Coronel.

_Claro! Como sempre! Já cansei de te avisar que não entre onde não é chamado! Diacho, ele desconfiou!

_Ele anda muito estranho, desde que se encontrou com o seu amigo lá da capital.

_É, temos que ficar de olho no compadre. Ele não pode se eleger, não o conheço direito.

_Puxa! E quanto tempo é preciso para o senhor conhecer alguém, Coronel?

_Refiro-me ao conhecimento político.

_O senhor não vai à prefeitura falar com o prefeito?

_Vou, mas você não vai entrar. Quero ficar bem à vontade com o Pedro.

_Da outra vez ajudei bastante!

_Ajudou, ajudou..., o senhor fez foi atrapalhar e, da próxima vez, tampe melhor a sua boca! Vá me esperar lá em casa e diga para Minervina que só vou chegar para o almoço.

_E eu, Coronel, o que vou fazer?

_Lave os pratos ou passe pano na casa. -O Coronel saiu sorrindo e pigarreando a garganta.

Três e meia da tarde, do dia seguinte, Chico esperava pelo padre, que atendia um casal, que estava em preparativos de casamento, acertavam a data e hora. Finalmente, os noivos e pais, saíram. Na próxima celebração os banhos iam ser anunciados.

_Boa tarde, seu Chico!

_Boa tarde, padre!

_Seu Chico, pensei muito no seu caso, e, primeiramente, quero ouvir e sentir o que o senhor pretende fazer. Só assim poderei rascunhar alguma coisa para o senhor falar. O senhor pode me contar o que o senhor pretende fazer, caso seja eleito?

_Claro que sim! Claro.

Chico narra toda a sua aventura, o convite do compadre e o encontro com Santuário. Mais uma vez, falou de seu sermão.

_O senhor venha na segunda-feira. Amanhã é quinta, sexta vou para Belém. Aproveitando da viagem vou falar com uns amigos meus e convidá-los para darem um cursinho preparatório para os nossos candidatos. O senhor deve compreender que não posso voltar às atenções só para o senhor. Sendo assim, convidamos a todos e naturalmente que o senhor terá a oportunidade de se preparar melhor para enfrentar as eleições e, se eleito, poderá fazer pela população. Está certo?

_Tudo bem.

_Ótimo, esteja aqui na segunda-feira, às nove em ponto. -Chico despediu-se do padre e saiu satisfeito.

AQUELA MISSA TINHA ALGO DIFERENTE

No sermão, o padre pregou a aptidão sacerdotal, falou da necessidade de mais sacerdotes e da riqueza que isso traz para a sociedade:

_A vocação é um dom de Deus. Nesta procura, encontramos muitas respostas que se acham escondidas...,

No final da celebração convidou os interessados para participarem de um curso preparatório, destinado aos eleitores, em especial, para os candidatos:

_Estamos em período eleitoral e, na maioria dos casos, os nossos representantes precisam desses conhecimentos. Estão aqui, são pessoas capacitadas para fazer palestras. Não vou me alongar, participarem e saberão melhor. Daqui a pouco, aqui ao lado no salão paroquial. Oremos. Mais de um terço dos presentes ficou para participar do tal curso político.

_Como é que vai ser isso?

_Sei lá, Antonina, mas vou ficar. -O padre pediu, vou atender.

_Também quero ver o comício.

_Não é comício, nada antonino, é curso, curso! Aula! É isso o que vai acontecer.

_Mas logo não se viu? Dentro da igreja?

_E por que não? Como disse o padre, política é decente, não é palavrão.

_O Padre Leopoldino apareceu, fez o sinal da cruz,

acompanhado por todos e, em seguida, rezou um Pai Nosso em intenção das Santas Almas Benditas e logo a seguir abriu a reunião apresentando os palestrantes.

_Meu nome é Rosária, mas, quem quiser, pode me chamar de Rosa. Também atendo por este nome...,

O tal de curso político estava agradando, a palestrante foi aplaudida. Se apresentou o segundo:

_Me chamo Aimoré..., voltando ao nosso tema, quero perguntar: quantos candidatos estão aqui? Levantem as mãos, por favor. Aproximadamente quarenta mãos subiram.

_Pergunto, se possível, os senhores não se opuserem, primeiramente, aos candidatos do lado do Coronel? -Doze mãos, treze, para ser mais preciso.

_E do lado de seu Peneira? Trinta Mãos se levantaram, naquela ocasião o Peneira estava em vantagem.

_Muito bem! Vocês estão de parabéns..., meu tempo exauriu-se e muito obrigado! -O palestrante foi bem aplaudido, o nome telegrafista deixou Chico encafifado; afinal de contas não tem só uma Maria no mundo. Chegada a hora do terceiro palestrante.

_Meu nome é Raimundo Trindade. Sou professor e confesso estar impressionado com a ideia do padre Lepoldino..., O professor fez uma pausa, olhou a todos como que conferindo, se certificou se ainda estavam todos, ninguém arredou o pé, finalizando disse:

_Espero que na parte da tarde, vocês estejam novamente aqui. Muito obrigado.

O vigário fez a oração final. Em casa com a esposa Chico estava contente.

_Mulata, você nem sabe, a palestra foi uma parada!

_Como assim?

_E não é que esse padre é, mesmo, fora de série?

_E o que é que ele fez?

_Deixe de bancar a indiferente! Não foi ele quem organizou o curso para os candidatos?

_Graças a tua ideia!

_Apenas contribuí.

_Vai ver que ele nem te mencionou.

_E não era preciso, a cidade toda sabe.

_A cidade saber é uma coisa, ele falar é outra.

_Mulher! Essas coisas são assim mesmo.

_Assim mesmo, como?

_Assim, ora, assim! Você está zangada mulata?

_Não. Zangada não estou, estou preocupada.

_Mas preocupada com o quê, minha flor?

_Ora, sei lá, com tudo!

_Como, com tudo?

_Você não tem ganhado dinheiro, só tem pensado na droga dessa campanha! Desde que você registrou seu nome, é Chico Jurubeba pra cá, Chico pra lá.

_Você está com ciúmes?

_Ciúme, eu? Mas essas mulheres estão vindo muito aqui em casa. A Fuluca deixou dito que é pra ti passar na casa dela o mais cedo possível.

_A Fuluuuucaaa! Casa de político é assim, mesmo.

_E por que Fuluuuucaaa?

_É que ela é um grande cabo eleitoral! Dizem que, quem ela apoia, não perde. Amanhã cedo vou lá.

_Tá vendo? Tá vendo, só? Nem bem chega, já está saindo.

_Calma, minha tapioquinha com leite de castanha. Hoje à noite vou te contar uma historinha, certo?

Mulata fez beicinho de faceirice e virou-se para o fogão. No dia seguinte, Chico caminhou para a casa de Fuluca. Estava confiante. Sentia que seu nome estava sendo bem aceito.

_É, Jurubeba, não se impressione que a vida é dura pra quem é mole..., vá à luta, seja o que Deus quiser!

Fuluca era separada e mãe de dois filhos, apesar de falada, tinha grande liderança na comunidade onde morava; visitava os doentes, organizava festas natalinas, de final de ano e outra mais era atuante.

Seus pais eram contra o amasiamento. Uma mulher separada estava banida da vida social e eclesiástica. Nas festas dançantes não podia se misturar às solteiras, ficar no banco destinado às moças era coisa impossível. Ou ficava dentro do quarto ou na cozinha. Dançar nem pensar era uma pessoa marcada para o resto da vida. Até que ficasse viúva, se juntar a participação na igreja recebia os sacramentos.

Praticando a filantropia era como Fuluca driblava a insurreição e posteriormente, tornou-se uma grande e respeitada parteira. Essa categoria era respeitada, foi esse o caminho para a mulher se realizar. Como parteira ela dançava, se misturava, vivia uma vida praticamente normal. Tinha presença franca em quase todos os lugares.

Por ser uma mulher atraente não deixava de enciumar as casadas, era também conselheira, dava conselhos aos recém-casados. Fuluca nunca esquecerá o vexame que sua mãe a fez passar quando menstruou pela primeira vez. Aos doze anos percebeu que suas regras estavam chegando. Não sabia o que era aquilo, para ela, mais parecia borra de café. O mundo desabou sobre sua cabeça, sua genitora ao notar que a filha estava acomodada, desconfiou que algo errado estava acontecendo.

Botou a filha sob confissão, não sabia ela, mil pensamentos passavam pela cabeça de sua mãe. Tudo, menos que a filha estava se tornando mocinha. Encabulada Fuluca começou a chorar, seu choro enfureceu ainda mais sua mãe, como a filha não falava estava decidida, ia dar uma surra na menina, então disse para a filha tirar a roupa, foi um deus nos acuda, quando a tirei minha roupa minha mãe viu a rodilha de pano que estava entre minhas pernas. Mamãe ficou pasma e morte de arrependimento. Sua aflição deu lugar à alegria de ter uma filha moça.

Não sei o que foi pior, talvez preferisse a surra, mamãe saiu espalhando para a vizinhança, digo para as mães que nunca proceda da maneira de minha mãe. Conversem com suas filhas, não deixem que isso aconteça. Além de maltratar o corpo endoidece a mente. -Era assim que Fuluca se relacionava. O encontro com Chico foi bastante produtivo.

_Já trabalhei para muitos candidatos. -Falou Fuluca.

_Muito bem. - Chico foi atencioso

_Vamos nos acertar.

_Que tipo de acertos? -Chico pega no ombro de Fuluca e conclui:

_O que está se passando por dentro dessa cabecinha?

_Para se vencer um pleito, é preciso muita determinação, muita ginga. Os eleitores são exigentes. Ou você prende no cabresto ou ganha no grito, na conversa. Vou levar o teu nome, mas quero ter certeza que tu também vais cooperar.

_Cooperar de que forma?

_Ora, Chico! Não se faça desentendido!

_Desentendido?

_Deixe de brincadeira e vamos ao que interessa. -Chico tomou o café servido por uma sobrinha de Fuluca.

_Eu, praticamente, não quero nada, mas os eleitores, sim. -Fuluca estendeu uma lista para Chico que num gesto de espanto arregalou os olhos. Fuluca o observava e dizia:

_São muitos eleitores!

_Pode marcar a reunião, vou falar com eles. -Respondeu sem tirar os olhos do papel.

_Quando vai dar para o senhor? Marco pra quando?

_Para daqui a dois domingos. Arranje o barco, vamos ter que sair sábado, um dia antes.

_Não tem problema, cuido disso. -Entusiasmado respondeu Chico.

_Aquela mulher, ao mesmo tempo em que fascinava, também preocupava, se perguntava Chico: "Será que isso vai dar certo?" Despediu-se de Fuluca. No regresso entrou na casa do compadre Tibúrcio.

_Compadre! Qual o seu programa para o dia vinte e dois?

_Esse domingo? Vou, vou...,

_Para a comunidade do Muntunga. -Respondeu o guarda-livros.

_Isso mesmo, para o Muntunga. Por que meu compadre, o senhor também quer ir?

_Até que sim, mas não vai dar.

_O senhor está aprendendo muito rapidamente o jogo de palavras. O senhor vai ser um dos bons. -Falou o guarda-livros.

_É que marquei uma reunião lá no Pindobeira, gostaria que o senhor também fosse.

_Com o senhor, compadre? Que bom! E, quanto eles lhe pediram? -A tendenciosa indagação do Coronel deixou Chico de orelha em pé, mas não saiu da linha.

_Quase nada Coronel, só umas coisinhas.

_Que coisinhas são essas? O senhor pode me dizer?

_Claro, Coronel, claro que sim, afinal de contas, eu não poderia assumir esse compromisso sem antes falar com o chefe. -O Coronel deixou transparecer um ar de aprovação.

_É! Compadre, o senhor está mesmo botando pra quebrar, é assim que se faz! Diga uma coisa; o seu pessoal está com a gente? O senhor conseguiu virar o Terdolico? - O Coronel não perdia oportunidade.

A candidatura do Chico era tão somente para cruzar com esta família que o Coronel tinha que conquistar.

_É, compadre! O Terdolico tá praticamente certo.

_Como está praticamente certo?

_Ele ficou de me dar a resposta.

_Não deixe a peteca cair, o Terdolico tem que nos acompanhar.

_Não se preocupe Coronel, o Terdolico é assunto meu.

_É assim que se fala! Sabia que o senhor não ia me decepcionar.

_Claro Coronel, o senhor vai me liberar este pedido, não vai? -Chico não entendeu a verdadeira colocação de seu compadre. Entregou a lista ao Coronel que de imediato repassou para o guarda-livros. Disse que depois daria uma resposta a respeito da quantia com a qual entraria.

_Não, meu compadre! Quero uma posição agora, o senhor vai ou não vai liberar? -Coçando os cabelos grisalhos o Coronel retrucou.

_Mas tem que ser agora?

_Claro meu compadre, tem que ser agora. -Desta vez Chico o chamou de compadre, como a maioria, o Coronel gostava de ser bajulado.

_Já que não tem outra saída, atenda o compadre. - Estendeu a lista de pedidos ao guarda-livros, ordenando para atender o compadre.

_Até logo compadre, até logo mais! -Quando Chico saiu o guarda-livros falou:

_O senhor vai mesmo ajudar o Chico Coronel?

_E tem outro jeito?

_Não sei! Talvez sim, talvez não. O Casca Dura vai ficar uma fera quando souber que os carneiros estão se bandeando para o lado do Juruba e que o senhor está de pleno acordo. -Apertando o cito e levantando a calça de brim branco o Coronel vai até a janela e diz:

_Isso tem dedo de Fuluca, ela tá no meio disso. -Ao mesmo tempo em que passava a mão na careca andava de um lado ao outro da sala.

_É provável, bem feito para o Casca, ele falhou com a menina. -Piscando para o Coronel falou o guarda-livros .

_— Menina, tu chamas aquilo de menina? Aquilo é um tremendo pedaço de mau caminho! Veja só esta lista que ela está pedindo e o trouxa tá caindo direitinho.

_E quanto vai ser?

_E o que fazer? Se não for com ele, será outro, o pedido será sempre o mesmo, tanto faz, como tanto fez.

_Lhe digo; Casca Dura não vai concordar.

_O momento não é se esse ou aquele vai gostar. Temos que manter o grupo alinhado, afinal de contas, na apuração a gente muda o quadro. O Peneira está indo muito bem, pelas informações que tenho, ele já conseguiu tomar uns quantos de nós. Por falar nisso! Me mostre a lista dos que tomamos dele.

_Aqui está Coronel.

_Faça um levantamento dos que perdemos pra ele.

_Já fiz Coronel, dentre os que saíram nos últimos dias, consta o nome de Pedro Pendura, camarada ingrato, não?

_O que seria de mim se não fosse sua eficiência! Quanto ao Pedro Pendura, mande buscar a canoa e o cavalo.

_Mas Coronel! Ele já pagou? Quando deu os votos que o senhor queria e de quebra a sua filha Deusarina?

_Sim, ele me deu sua filha e votou no meu candidato. Só que agora, ele tem que votar em mim! Vá lá e traga meus pertences.

_E se ele quiser dar as outras duas filhas?

_Não quero, não! Essa gente é oportunista, já pensou se emprenho as duas! Ele vai ser avô de dois filhos do coronel Tibúrcio. Isso nunca, comigo, é dente por dente, cabeça por cabeça.

_Cabeça não, Coronel, olho!

_Olho, cabeça, espinhaço, sobrecu, titela..., tudo é parte do corpo.

_Certo Coronel, como o senhor queira. Aqui estão os nomes dos demais, estamos em desvantagem.

_Isso! Vá assim, que você vai longe! O que seria de mim se não fosse a sua eficiência? -O elogio vindo do Coronel fez o jactancioso servidor ficar mais vaidoso.

O homem tinha pauta com o demônio

_Em redor daquela casa, muito osso de animais, cabeças descarnadas e bem na frente da casa uma caveira de burro, o quadro era assustador de aparência macabra. Quem não conhecesse a mania de Anacleto, certamente ficaria apavorado, para não dizer assombrado com o cenário de bruxaria. Anacleto era um homem alto e corpulento, tom de voz macio que contrastava com a sua fama de mandingueiro. Lá estava ele, a convite de Anacleto. Chico nunca tinha caminhado por aquelas bandas, já que o lugar era de difícil acesso.

Ao abrir, a velha porta de madeira rangeu e dois olhos negros assustados os espiavam pela pequena fresta. Era a tal de Nega Maluca, uma menina criada por Anacleto. Nega Maluca ao perceber tratar-se de alguém importante abriu o resto da porta, num gesto de cabeça o ordenou que entrasse. No primeiro compartimento era uma sala ampla, porém, abafada e repleta de balangandãs. Como do lado externo, dois ossos cruzados em um canto da sala e mais uma caveira de animal. O clima lá dentro era assustador.

_Sobre a mesa escura de madeira uma pele de onça preta, ao redor duas cadeiras e outra que se destacava no centro, o encosto era alto e trabalhado, certamente, era o assento reservado ao chefão. Chico se perguntava: "..., onde estaria o homem e por que tanto mistério?" A mocinha de cor chamada de Cravina desapareceu por outra porta lateral de cortina de pano, cheia de nódoas escuras. Além dum pássaro preto engaiolado que constantemente piava um aroma estranho, parecia cheiro de resina. A não ser o incômodo piado do pássaro, nada mais se ouvia.

Depois de passado um quarto de hora Chico ouviu pisadas, deveria ser alguém chegando. Os ruídos se intensificaram, presumia vir da cozinha, não se enganara: era Anacleto que estava chegando. Ouviu Cravina falar alguma coisa, não dava pra entender.

Como por encanto o pássaro calou, a seguir, as pisadas no corredor do corpulento homem entrando na sala, em sua mão esquerda um cajado com um crânio de um animal. O homem olhou para Chico e deixou escapar um sorriso, chega mais perto e lhe estende a mão o cumprimentando. O pássaro deu três seguidos piados e parou.

_Boa tarde, seu Francisco, como o senhor tem passado?

_Boa tarde, seu Anacleto, bem, obrigado.

_Muito bem, meu amigo, Francis..., (CHICO) –O Jurubeba, foi rápido.

_O senhor pode me chamar de Chico. O feiticeiro sorriu mostrando seus dentes amarelados.

_Como vai sua família?

_Como Deus é servido.

_Chico! Agradeço por ter aceitado meu convite em vir até minha modesta morada.

_Que nada, seu Anacleto! O prazer é muito meu.

_Já devia ter ido até você, mas..., Chico prestava atenção nas palavras do homem, ele era franco seguro. Não o interrompeu, queria ouvir, certamente que era muito interessante o assunto a ser tratado, afinal de contas, a lenda ao seu redor corria longe.

_Existe um traçado no seu destino, é preciso desvendar, você corre riscos e se não fizer uns preparados...,

_Que tipo de risco? É de vida? "Lá se vem, bugigangas". -Pensou Chico, o homem não mexia as mãos, as mantinhas estáticas. Queria aquele homem fazer média. Ia aceitar seu jogo, no mundo da política partidária só não se ver boi voar o resto tudo vale, pensou Chico.

_Não diga. -Voz franca e aberta, respondeu Chico.

_Vais fazer uma grande viagem, uma viagem incomum e nela, acontecerá o deslocamento dual.

_E quando farei a tal viagem? -O lado curioso despertou Chico, gostava de descobrir coisas novas, sua vida foi sempre cercada de mistérios: as ervas; as curas e agora, esse inesperado encontro. De início pensou se tratar de mais um cabo eleitoral, mas como a conversa caminhava não seria isso. Aquele homem estava indo muito mais além. Depois de tudo que conversaram, Anacleto lhe entregou um volumoso livro e um anel de chapa polido com uma pedra cravejado, o livro de tão velho era impossível saber a verdadeira cor de sua capa.

_Leve este livro e leia com atenção, em duas semanas, o caminho da grande pauta vai se abrir e seu encontro com Nescro acontecerá.

_Nescro! Que é isso?

_O senhor do mundo superior, quando você enveredar pela sua trilha, entenderá.

_Será sua passagem.

_Passagem? Que passagem? -Sem responder, o homem levantou-se de sua cadeira polida e caminhou-se até a porta. Sem fazer perguntas entendeu ser hora de se despedir. Chico foi acompanhado pelo olhar de Cravina. O povo dizia que para levar recados ela virava Matinta Pereira. Em torno de Anacleto corria uma temerosa lenda: ele virava em toco, pedra, árvore e também se tornava invisível.

No retorno Chico refletia sobre a conversa com Anacleto:

"Como que ele soube de meus pensamentos, na hora em que pensei tratar-se de fazer média? Não! Foi apenas coincidência! Ele não é nenhum adivinho". Ao chegar a sua casa Chico desprendeu-se de seus pensamentos.

_Mulata, venha cá!

_O que é isso, home? Viste visagem?

_Antes mulher, antes.

_Você acertou com o feiticeiro?

_Nem te conto, o assunto foi outro.

_Como outro?

_Veja isso aqui. -Chico mostrou o livro para sua mulher.

_Todo aquele alarido só pra isso?

_Você nem sabe o que este livro contém!

_Não, o que é que ele contém?

_Muita coisa, muita coisa mesmo! Estou até receoso de lê-lo.

_Se é assim tão ruim, não leia, devolva.

_Primeiramente vou dar uma lida, se não encontrar fundamento vou devolver, se gostar irei até o fim.

_Tu é que sabes o tanto que podes.

Na noite do mesmo dia, Chico não saiu de casa, depois do jantar, sentou-se numa cadeira sob à luz de velas começou a ler o tal livro da capa preta, logo no início da primeira página...,

"..., vim ao mundo não para ser dominado e sim, para dominá-lo. Meus passos são cobertos pelo pranto dos que desnecessariamente se atormentam, sou filho do infinito, em meu lar ninguém se maldiz..., Quem cruza meu caminho; não chora nem sente dor e os que a mim se aliam ficam fortes como a rocha, minha fórmula é desconhecida e nenhum profano a ela terá acesso..., viver e ser eterno vencedor".

De onde vim e para onde estou indo? Sou transportador solitário do destino de muitos..., aguça teus sentidos; escuta-me, faça o que te ordeno de caso contrário o teu mundo se apagará...,

Neste momento, sem vento e sem mariposa perambulando por perto, a vela apagou-se. O recinto ficou em absoluto silêncio e em repleta escuridão..., cruz credo! Chico rezou um Pai Nosso, acompanhado de três Santa Maria. Acendeu a vela e deu prosseguimento à leitura, dizendo pra si mesmo:

"Um homem não pode ter a leitura de um livro só, vou continuar". No dia seguinte, Chico acordou sem se lembrar dos detalhes do sonho, sabia que tinha sonhado algo muito interessante e esteve em lugar monótono, cuja paisagem nunca tinha visto antes. O livro era mal assombrado, com ritos e realizações de sacrifícios. Não precisava ser exímio conhecedor de magias para perceber que, aquelas eram negras.

A DIABÓLICA ORAÇÃO
DA CABRA PRETA

"..., em teus pés fiz o meu sangue correr, escarnei minhas mãos, que não queria te idolatrar; das três gotas de meu sangue ardente, vi três serpentes surgirem, e nelas, asas de fogo; uma criança com três cabeças apareceu. Fitou-me dizendo que ia me contar o futuro, o pensamento da maldade eu iria saber, mas para que isso pudesse acontecer, eu teria que em três sextas feiras, dormir em chiqueiro e remoer como os bodes; passar um ano sem me barbear; me deitar com os cães e com eles me relacionar; peregrinar e passar três meses sem me banhar; ficar de cabeça para o chão e esconjurar o dia em que nasci; renunciar a tudo e a todos e renderás homenagem somente ao desconhecido.

_Na quinta lua cheia, a contar do primeiro mês do ano, contemplar o nascimento na Imensidão sem..., aprender a invisível arte de navegar com todos os anjos salteadores do espaço celestial. Depois de tantas penúrias, cairás no abismo sem saída..., só depois de tudo isso receberás o cajado revestido de lamento e dor.

_Que coisa horrível! Será que tem alguém que faça isso? -Passavam das três horas da manhã, era a quarta cantada do galo, Chico tomou uma xícara de café e foi olhar sua Mulata:

_Acho que o besta aqui é eu! Como posso deixar essa tapioca com leite de castanha ficar aqui sozinha, isto é crime.

Deitou-se ao seu lado, fez um rumrumrum no

ouvido de Mulata sua mulher e adormeceu.

Os dias se passavam e os dois grupos partidários estavam prontos para fazerem o lançamento de seus candidatos, chegava a parte culminante da campanha. A voz sonora e forte do apresentador chamava atenção de todos. Chegou a hora da apresentação dos candidatos. Eles se esforçaram ao máximo para serem ouvidos. Chico foi o último a falar, Dona Neuza ou Mulata, como era carinhosamente chamada por ele, liderava o movimento das mulheres.

_Chicoooo, Chicooo, Chiiiicooo! O povão aclamava o coronel Tibúrcio não esperava tamanha ovação. A cada instante que passava, Chico mostravase mais seguro e dono da situação.

_Senhores e senhoras, rapazes, moças e crianças; autoridades aqui presentes ou representadas, o meu cordial boa noite! A multidão ..., boooa nooiiiteeeee!

Chico foi o único candidato que teve o cuidado de não se esquecer dos jovens e das crianças. Mesmo não votando, dizia ele, eram importantes na campanha..., Chico fez pequena pausa, sentia estar agradando

_Finalmeeeente! Apareceu alguém de coragem. - Falou alguém no meio da plateia.

_Viva o Chico Jurubeba!

_Viiiivaaaa, Viiiivaaaa, Viiiivaaaaaaa! Chico virandose para o Coronel e pondo a mão em seu ombro, disse:

_E, agora! O esperado o momento maior...,

..., uma calorosa salva de palmas, por que vamos receber o nosso prefeito, coroooooneeeel Tibúúúúúrciiioooo! -Palmas, misturada aos estampidos dos fogos, o Coronel chega bem pra beira do palanque, acenou demoradamente e depois falou:

_Meus queridos amigos, esta é a hora mais feliz de minha vida e também é a hora em que tomo a decisão mais séria: a decisão de me colocar ao jugo popular, de colocar o meu nome à apreciação de todos vós! carrego, ao longo de minha história, um passado limpo e cheio de glórias, trabalhos e desenvolvimentos..., -O discurso do coronel Tibúrcio ficou repetitivo.

No dia seguinte

Os falatórios; para uns o lançamento da candidatura do Peneira tinha sido melhor; para outros, a do coronel Tibúrcio. O certo é que as preferências divergiam, pelo jeito, o novato Chico Jurubeba tinha roubado a cena.

_Ele fala muito bem. -Comentava um.

_Ele pensa que sabe tudo. -Falava outro.

_O Chico está falando igual ao padre Leopoldino! -Comentou Casca Dura, esfregando a barba grisalha, ao mesmo tempo em que choramingava para o coronel Tibúrcio, no momento, nada podia fazer, ou pelo menos por enquanto.

_Coronel, se ele for andar com a gente por aí e mantiver o mesmo discurso, eu não vou. -Murmurou Mirlenildo da Brasa.

_Nada, amigo, Brasa! O momento não é de euforia, e sim de trabalho! Nós não estamos tão bem, assim, como você está pensando. E tem mais; o Chico foi muito feliz na sua fala. Não é hora de descobrir o santo. -O guarda-livros vai ter que melhorar o nosso discurso...! Eu só queria saber quem fez o dele. Referia-se ao discurso de Chico.

_Eu também, Caneco! Eu daria qualquer coisa pra saber quem foi o orientador do discurso dele!

Estevão Borges da Casca Dura, o famoso Casca Dura, era o mais nervoso, as palavras de Chico acertaram no alvo.

_Deve ter sido o padre.

_O padre?

_Sim, por que não? -O Coronel também entrou na conversa:

_Enquanto vocês ficam badalando, quem fez ou deixou de fazer, se esquecem que aquém devemos nos preocupar é o Peneira, vamos acompanhá-lo mais de perto, seguir os seus passos. Deixa o Jurubeba pra lá, ele é um dos nossos, esse negócio do que é certo, errado, o povo não sabe e nem quer saber...,

..., se o vereador sabe ou não sabe fazer uma carta para a namorada ou coisa parecida, o povo não quer saber, porque o povo não sabe o que é isso ou aquilo mais, se não sabe, não cobra. Eles querem mesmo é uma boa conversa: "..., ou umas boas mentiras" Cochichou Zeca Parafuso, um cara fofoqueiro que só, o Coronel o olhou com o rabo do olho, ele, entendeu, botou o rabinho entre as pernas e se acomodou num canto da sala, continuou o Coronel:

_A conversa deve ser boa, aprumada...! O resto é história pra boi dormir. Voltando-se para o guarda-livros, afirmou o Coronel:

_De hoje em diante, só podem falar o que o senhor escrever. -O guarda-livros deu um sorriso sarcástico, olhando para os demais, em pensamentos dizia: "..., não disse para vocês esperarem?".

_É isso aí! Vamos dar uma parada na oratória do Jurubeba, enrolá-lo com palhas de..., -Falou outro intrometido arrogante, por ser ele do interior, o Coronel fez ouvido de mercador, o camarada era bom em agitar bandeiras.

Dias depois:

_Parabéns seu Chico, o senhor foi simplesmente, espetacular! O padre Leopoldino era só contentamento, não se cansava de parabenizar Chico. Populares paravam para cumprimentá-lo, outros faziam tão somente para agradar o reverendo que se tornou autêntico cabo eleitoral de Chico.

_Você aprendeu as lições rapidamente? -O padre se referia ao curso realizado na paróquia.

_Sim meu reverendo, o curso está me ajudando a entender o tortuoso e emaranhado caminho da política, o senhor nem imagina os sapos que tive de engolir.

_Mas é isso mesmo, não esmoreça, vá em frente, continue assim! -Mais uma vez, o padre abençoou a campanha de Chico, em seguida se despediu, foi em direção da prefeitura, Casca Dura observava de longe, disse:

_Olha Pena! O padreco está conversando com o Chico!

_Esse padre! -Respondeu Pena, pigarreando a garganta.

_Tá se metendo muito no que não é de sua conta.

_Pelo menos, ele está falando com um dos nossos, se é assim, vamos deixar as coisas como estão. -Falou Pena Forte.

_Acho bom mesmo Pena, que continue assim. Só me arrependo de ter doado meu tão precioso tabaco para esse malandro. Se pudesse voltar atrás! Os dois amigos continuaram conversando, o tema principal, era a campanha e Chico.

_Pena! Tu não vês, logo?

_Não vê o que, Casca?

_O Chico está muito pra frente!

_Como, pra frente?

_Está muito falante.

_Ele está mostrando um lado que não conhecia.

_Pois é! O coronel Tibúrcio que se cuide.

_Como, se cuide?

_Se ele se eleger e o Coronel, a coisa não vai ser mole pra ele.

_Que nada Caneco! Na hora do pega lá, dá cá, a gente o deixa pra trás.

_Como, deixar pra trás?

_Já esqueceste? Na apuração fica aquele aquém queremos! Principalmente agora que contamos com o eficiente trabalho do doutor Arruda.

_Só se for assim! Do contrário estamos cutucando

onça com vara curta.

_Que nada! O Coronel sabe o que faz.

_Onde já se viu o prefeito mostrar as contas? O que esse povo não vai pensar?

_É, o povo não pode ter acesso a esse movimento, ele é muito complicado.

_Põe complicação nisso!

_Já pensou? O povo ficando por dentro da movimentação financeira, isso é coisa de lunático! Acho que devemos começar uma campanha anti Juruba.

_Concordo, se não fizermos isso, vai ser um desatino, pra não dizer um caos. Vamos encher a cabeça do Coronel, até ele pegar corda e apertar o cabresto do Jurba, digo, Juruba.

_Tá certo, já pensou se o prefeito for obrigado a promover a tal de seleção? Aí é que vai ser uma droga, como vamos empregar os nossos?

_É! Esse Chico tem umas ideias esquisitas, ele diz que é pelo direito, mas nós, também não somos pelo direito?

_Claro que somos! Por isso mesmo é que devemos ter cuidado com ele. Se não bastasse, esse padre.

_Além do coice, a queda.

_Da queda, o coice! -Consertou o amigo.

_Nada! Foi só uma conversa informal, esse padre não é nada tolo.

_Veja! Depois de falar com o Chico foi logo para a prefeitura, com certeza vai pedir ajuda.

_Não sei, não! Ele dispensou dona Matilde, digo, dona Carlete. -Caneco trocou outra vez o nome da cozinheira. De vez em quando, cometia essa gafe; trocando os nomes das pessoas.

_Caneco! Acho que você tem visto muita visagem, esse Chico não é nenhum bicho que a gente não possa dominar.

_Tu achas?

_Sim! E tem mais; vou ganhar os eleitores dele.

_Como é que tu vais fazer isso? Ele já ganhou até a Fuluca!

_Du-vi-de-o-do. -Caneco soletrou fazendo careta.

_É, Pena! Não sei não, esse camarada tá cheio de ideias conspiradoras parece meio subversivo.

_Será que ele não está envolvido com os comunistas?

_Sei lá! Mas seja o que for, todo cuidado é pouco.

_Tens razão; a fala dele foi muito áspera, parecia até que era do outro lado.

_Fez oposição ao prefeito, mas quem sabe é uma nova técnica de discursar, envolver o público, o eleitor. Lembra daquele sujeito que na eleição passada, passou por aqui tirando uma de protetor dos pobres e injustiçados. Achamos que ele era um comuna, mas não, só depois que arquivamos o coitado é que descobrimos que o cara era cabo eleitoral do nosso amigo deputado. Mas aí, a coisa já estava feita, o pacote não podia mais ser desembrulhado.

_Foi ideia sua, te lembras? -Caneco passou a mão

sobre os cabelos brilhando de brilhantina 'Gessy', mudou de assunto:

_Mas, por falar em coisa errada, não é que a filha do Genuíno está andando com todos que aparecem?

_Não diga!

_É verdade! O Justino me contou.

_É! Tenho uma queda para o lado dela, vou me achegar e ver o que vai dar.

_Toma cuidado!

_Como toma cuidado, não vai me dizer que tu também estás a fim dela?

_Não é isso.

_E o que é?

_Ela andou com o filho do Zeca Pedro, o Poronga.

_E o que é que isso tem a ver? Não vou me casar com ela, só quero tirar uma casquinha.

_O Poronga está doente de doenças do mundo, dizem que os teréns do coitado estão para cair.

_Bem...! Se for assim, quero distância dela. Por falar em coisa feia, dizem que o Barbalho está com mula.

_Com mula? Ê...! Disque que o tratamento dessa coisa leva seis meses, enquanto não estoura não sara e o cara sofre um bocado.

_Por falar em sofrer, tu nem imaginas quem está pegando um chifre danado.

_Não! Quem é?

_O Juvenal! Diz que a mulher dele está andando com o Agacê.

_Camaradaaaa...! Tu sabes de tudo.

_É verdade, o Jacaré pegou os dois atrás da bananeira.

_Pobre Juvenal, um rapaz tão trabalhador! Eu sempre achei que aquela cabrita ia aprontar pra cima dele, era muita danada! Tinha um fogo terrível!

_Era dana, continua sendo! É muito foguenta, mas que é gostosa, ela é.

_O Jacaré me disse que está na sua cola e se ela não lhe der, ele vai botar a boca no trobeone.

_E ela, o que disse?

_Que ela só não se arriou pra ele, porque estava nos seus dias, mas pediu pra ele ter paciência e ficar calado, não comentar com ninguém. Ela se reclamou muito, chorou, disse não saber como aquilo foi acontecer, que foi um momento de fraqueza.

_Fraqueza, fraqueza! Ora, fraqueza! Sem vergonha é o que ela é, uma mulher dessas comigo! Eu cortaria a sua orelha esquerda, ela ia ver com quantos paus se faz uma cangalha. Pobre Juvenal! Homem direito e respeitador! Não merece isso!

_O Jacaré vai sair com ela, ele só está esperando os dias dela passar. Já até acertaram o local.

_Não me diga! Onde vai ser?

_Ele não me contou.

_Como não contou, te contou sim! Estás querendo me engambelar.

_Não! Ele disse que quando fosse o dia me diria o lugar, vou dar o flagra, depois é só correr para o abraço.

_Ele vai fazer isso?

_Bem! Ele me deve um dinheiro e vai ser a forma de me pagar a dívida.

_Não vá me deixar fora dessa, vai?

_Depende!

_Depende de quê?

_Já investi bastante, não achas?

_Está bem! E quanto tu vais pedir?

_Não sei, depois veremos. Quem sabe a tua bicicleta. - Pena Forte esfregava as mãos, falava consigo:

"Aquela cabrita vai me pagar! Ah, se vai!".

Neste momento, se aproximou uma senhora, acompanhada de uma garota, perguntava onde ficava o posto médico. Pena ia até a Beira a procura do tal de Capivara, então, pediu para Casca Dura levá-las até o local, enquanto falava com o amigo não tirava os olhos de cima da mocinha.

Uma semana depois na casa do Coronel

_Coronel, o senhor logo não vê que tenho muito mais tempo no grupo do que o Chico? -Mostrou se desentendido, o coronel Tibúrcio:

_E quem é que está dizendo que não?

_Ora, meu Coronel! O Chico está sendo muito mais enxergado pelo senhor. É Chico pra cá, Chico pra lá, se continuar assim, ele vai ser o mais votado. -Em outras ocasiões o Coronel agiria de forma diferente, porém, agora, deveria ser cauteloso. Assim sendo, resolveu não dar uma lição no Caneco.

A insana história do bem-te-vi

"Determinado dia, eu viajava numa estrada, cujo trecho era inóspito e cheio de perigo. Num raio de vinte quilômetros não havia água e nenhuma casa nas proximidades. Finalmente, avistei um casebre coberto de palhas, o sol estava escaldante, parecia que a qualquer momento ia esturricar a pele. Meu cavalo estava cansado e ofegante, cavalgávamos por um caminho íngreme e solitário, estávamos com a sede e fome, viajávamos a duas semanas caminhando sem parar, aproximei-me da casa e chamei":

_Ô, de casa! Tem gente em casa? Uma voz fraca falou, lá de dentro:

_Quem tá aí?

_Sou eu!

_Eu, quem?

_Um viajante, sedento.

_Pois não, em que posso servir? Pode apear. Amarre seu cavalo, ali, naquela sombra da mangueira.

Desci do cavalo e o deixei na sombra da mangueira, como tinha ordenado a velha senhora. Observei que um bem-te-vi depenava um urubu, que passava perto de seu ninho.

_Como pode! Um pássaro tão pequeno, botar um urubu pra correr?

_Entrei, a casa mais parecia uma cabana. A distinta senhora me apontou um tosco banco dizendo pra eu sentar, senti minha vista escurecer, o mundo começou a girar. Me esforcei ao máximo para não cair. Percebendo a minha fraqueza a senhora me deu um copo com água, a água estava fresca e fria, parecia ter saído de uma geladeira. Ela perguntou se eu queria mais água, respondi que sim. Saciei minha sede e foi aí que me lembrei do meu cavalo, aquele bruto deveria estar com muito mais sede do que eu, pois, além de cavalgar pela noite inteira e parte daquele dia, na passada baixa me transportava sobre o seu dorso, às vezes, galopando, meu cavalo devia estar com muita sede. Ainda com a voz trêmula a senhora parecendo ler meus pensamentos, perguntou:

_O senhor não vai dar água para o seu cavalo?

_Sim, por favor! Arranje um pouco mais? -Ela trouxe um balde contendo certa quantidade d´água, sem hesitar caminhei para onde estava meu cavalo que ao perceber minha presença levantou a cabeça, mexeu com as orelhas e relinchou. Ao mesmo tempo feliz; também fiquei envergonhado, meu fiel companheiro! Como pude ter sido tão egoísta, tão ingrato. Aí me lembrei da história que minha avó sempre contava:

"Um pecador errante, em penitência cavalgava pelo deserto. Determinado dia estavam morrendo de sede, o lugar por onde cavalgavam era ermo e seco. Do nada, no meio do deserto, avistaram um poço, não tendo como colher água, pois no local não existia corda e nem balde. Sem pensar duas vezes; retirou o cabresto do animal e desceu poço abaixo, de posse de seu chapéu o encheu d'água, mais que depressa escalou a parede escorregadia da cacimba servindo primeiramente seu animal, só depois é que bebeu água.

Neste momento, vindo dum lugar misterioso ele ouviu uma música muito bonita, mas parecia cantos de anjos, não estava equivocado, eram mesmo anjos que anunciava sua salvação, ele estava perdoado e livre de seus pecados". Duas lágrimas desceram no rosto de Chico que passando sua mão sobre a crina de seu alazão, encostando seu rosto no pescoço suado, como que suplicando pedia desculpas.

_A senhora tinha dividido sua água comigo, meu cavalo e mais dois netos, cuja mãe trabalhava numa casa de família na cidade a uns trinta quilômetros de distância dali. O pior, ou melhor, ainda estava para acontecer. Quando me despedi à sorridente senhora ainda me ofertou cinco mil cruzeiros, dizendo que ela só tinha aquele, por isso não podia oferecer mais.

"Me neguei a aceitar, mas dada a sua insistência terminei aceitando três mil. Me despedir da senhora e no terreiro, por sinal bem, tornei a ver o bem-te-vi, que não mais voava atrás de urubu, travava batalha com um gavião tesoura. Olhei para o infinito, tinha que continuar minha viagem, distante dali tinha alguém importante me esperando.

EM FRENTE A CAPELA

As pessoas se acotovelavam na porta da Capela. A comunidade do Pinauara tinha a presença de um convidado ilustre; era o Chico em visita política, todos queriam ouvi-lo, suas palavras eram esperançosas e alentadoras. Sua visita não era por acaso, o padre Leopoldino, na missa da semana passada, havia feito o aviso.

O coordenador fez a apresentação. sem perder tempo, Chico foi logo falando:

_Meus amigos, meus irmãos! A minha vinda aqui é tão somente..., Chico falou mais de meia hora e finalizou dizendo:

_Comparo a política à religião; se bem praticada, é boa, se não, torna-se um grande dano.

_O povo o escutava em silêncio. Chico falou algo engraçado e a plateia caiu na risada...,

Alguém mais fez outra pergunta, era o Dico Gago.

NA CASA DO CORONEL

_Dico Periquito como era conhecido, era engraçado na sua ingênua gagueira, ninguém achava graça dele que ficava uma fera.

..., não sei, mas se os colonos deixassem de servir os da capital, eles morreriam de fome. Aqui, a gente tem o milho, arroz, farinha, carne e tudo o mais.

_E o açúcar, seu Chico? O açúcar a gente só encontra na cidade.

_Deixa de ser besta, Antero! O açúcar é feito de cana, seu bobo! -Repreendeu Carlinho, irmão mais moço.

Chico, compreendia o quanto aquela gente estava desligada, para não dizer despreparada. Como enfrentar uma competição com os mais adiantados? A diferença era enorme. Na capital o tratamento é de um jeito, no interior a hospitalidade é outra.

No último quarto de hora a reunião foi encerrada. Pela avaliação de Chico, as discussões tinham sido proveitosas.

Há muito que a casa do Coronel não recebia tanta gente, os candidatos a vereadores e muita gente influente. O Coronel no centro e ao redor da mesa: Pena Forte, Raimundo Fidalgo, José Peitoral e dona Mariana uma senhora envolvida com muita pajelança. Diziam que ela já tinha botado sapo na barriga de muita gente. Era dessas, capazes de castrar o caboclo pelo rastro e quando ela se engraçou do sujeito, fazia o coitado ir chorar no punho de sua rede e quando não, o infeliz amanhecia dormindo no batente de sua porta.

_Com olhar sarcástico, Dona Mariana sorria para Chico que conversava animadamente com outros convidados.

_Animando o encontro, Roberto Sanfoneiro tocando sua surrada harmônica, enquanto a sorridente Mariana não tirava os olhos de Chico que percebendo o insistente olhar da macumbeira procurou se proteger.

_Chico! Você está indo muito bem. Falou Estevão.

_Que nada! Só estou dando uns bordos por aí.

_Qual nada! Me disseram que você está fazendo muito sucesso lá em Pinauara.

_Quem falou?

_Ora! Todos aqui estão comentando! O Raimundo Santana Filho é que não gostou nada. Chegou até a reclamar para o Coronel.

_O que o Coronel disse?

_Nada! Ou quase nada, apenas pediu que ele entendesse a situação, não era o momento de amassar barro com as mãos.

_Como assim?

_..., sabe como é o Coronel, quando quer consegue dobrar qualquer um. O certo é que o Santana Filho ficou sorrindo novamente.

_Ainda bem!

_Você sabe como é o Coronel; ele deixa a coisa acontecer e depois dá a volta, ou seja, as coisas terminam sempre como ele quer.

_Só espero que o Santana Filho não fique zangado comigo.

_Não te preocupes, ele está no papo.

_Bobagem dele! Não quero tomar ninguém de ninguém.

_Mas não é isso que ele estava pensando. Não..., olha pra trás! Aquela tal de Mariana não tira os olhos de cima de ti! O que andastes aprontando pra ela?

_Eu! Nada. -Chico levou a mão direita ao peito e afagou o coração.

_Cuidado! Ela é a protetora do Coronel e ele não gosta que seus protetores sejam molestados.

_Claro, que nada! Nem a conheço, para ser sincero, nunca nem falei com esta senhora.

_Disfarça! Ela tá vindo em nossa direção. -Sem dar tempo ao Chico de se retirar, tia Mariana, como também era tratada aproximou-se dos dois. Caprichando no sorriso deu boa noite, parecia derreter-se toda. Chico olhando de perto pensou: "Até que a Mariana não é de se jogar fora, dava para passar uma chuva". Pele limpa e unhas compridas e bem cuidadas, até demais para quem vivia no interior. Trajando vestido de seda estampado, cujo decote desnudava quase a metade de seu busto, deixando seus carnudos ombros e seios à mostra. Aquela maneira de se vestir fazia a mulher sugestiva. Para contrastar; cabelos longos e negros, nem secos e nem oleosos para piorar, estavam soltos, chegando perto da cintura.

Sentindo ter agradado, ampliou ainda mais o sorriso, mostrando os dentes bem cuidados. Por mais que se esforçasse, era difícil para aquela mulher esconder seu lado frio e cruel.

Descendo pelo pescoço, um longo colar de pérolas, sugestivamente, levantou a mão exibindo seu anel com pedra de brilhante. Inevitavelmente suas mãos se apertaram e Chico sentiu a maciez daquela mão feminina, como era delicada, só não esperava que o aperto fosse tão forte. Chico esforçou-se ao máximo para suportar o apertão, parecia esmagar os ossos de seus dedos. A mão de tia Mariana parecia uma torquês, Chico exigiu rapidez de sua mente, tinha que encontrar uma maneira de se desvencilhar daqueles arrogantes tentáculos esmagadores.

"O livro! Lá está escrito". -Lembrou-se:

_Catimbó, contra o catimbó! No livro está escrito: ..., se dormires no meu quarto, depois de te espojares igual a um animal, que não pertença à família dos felídeos, estando o mesmo em estado de putrefação, deverá te enrolar com ele por mais de um terço de hora. Diz que serás capaz de fazer isso, por mim e te livrarei de todas as tentações, como sinal que irás proceder este ritual, pronuncia essas palavras: gilleno, serafim e querubins. Pronuncie de frente para trás e tudo que estiver ao teu redor ficará sob seu domínio!

Chico pronunciou os nomes como ordenava o livro, os dedos de tia Mariana fizeram barulho, pareciam gravetos secos, quando pisado por alguém à beira de roçado, os olhos da mulher pareciam sair das órbitas. Tudo isso aconteceu em fração de segundos, a cabeça da tia Mariana rodava e doía, parecia explodir, tudo, em volta girou, atônito Estevão observava o inexplicável quadro.

MULHER CHEIA DE ARTIMANHAS

Mariana estava desmaiando, amparada por Estevão que a conduziu até uma cadeira num canto da sala, desconfiado pensou que a macumbeira já fosse pegar santo, ao olhar para Chico viu seu sorriso zombeteiro, apressando-se foi procurar o Coronel

"Mulher 'plévia' cheia de artimanhas

. Eu, hein! Cruz credo!" -Estevão falou entre dentes, trocou pérfida por 'plévia', seu sonho era falar bonito como Pena Forte.

_Coronel! Coronel! Eu vi!

_viu o que, Estevão?

_Eu vi Coronel, eu vi com estes bons olhos que a terra há de comer.

_Diga, homem! O que você viu assim de tão alarmante?

_Eu vi Coronel, eu vi! Eu vi Coronel, eu vi! -O guarda-livros foi em busca de um copo d'água.

_Tome a água seu Estevão. -Estevão tomou o copo d'água de uma só vez, meio gago começou a falar.

_Eu vi Coronel, eu vi, eu vi os filhos do demônio. -O guarda-livros fez cara de bobo da corte e comentou:

_Agora me deu medo! Fale homem; que diachos de demônios foram esses que você viu?

_Eu vi Coronel, eu vi, eu vi os filhos do demo, eu vi!

_Este homem está delirando. -Falou o Coronel.

_Providenciem um transporte e levem-no para o hospital. Vamos, andem! Façam isso sem chamar a atenção dos presentes, não quero criar embaraço no meio dos convidados, digo, eleitores. Providenciem a remoção deste infeliz e mandem o sanfoneiro tocar a melhor modinha que souber, façam parecer que se trata de um porre.

Enquanto levaram Estevão, tia Mariana perdeu a pose e foi se acomodar no quarto do Coronel. Como se nada tivesse acontecido, o ajuntamento continuou, Chico olhava para o anel que da pedra saíam faíscas. Quase três já beirando quatro da madrugada, o Coronel encerrou a festança.

Uma boca de ferro que não parava de tocar

Um sonoro, que não parava de tocar, ao longe se ouvia o som, estridente, e a voz do locutor, fazendo suas chamadas:

_Instalado no açaizeiro mais alto e ao mesmo tempo, falando para os quatro cantos da nossa risonha cidade..., com vocêsssss, sonorooooos tuxaxaxaúaaaa! A voz que canta e fala para a planície. Antes do nosso suplemento musical vamos aos avisos! E...., atenção, muuuita atençãoooo! O padre Leopoldino avisa aos coroinhas que irão viajar com ele até o Badamós que a largada está marcada para às quatro horas da manhã deste sábado, pede que ninguém se atrase. Outro aviso: o Pedro Mata Porco está avisando que amanhã estará matando mais um capado de raça! Comunica que o retalho será como sempre em sua casa. Seu Pedro Agenor está convidando todos os amigos, conhecidos e quem ainda não é conhecido seu, para uma ladainha na sua residência em homenagem à Nossa Senhora da Conceição.

"O início da reza está marcado para às oito horas. Após a reza, haverá grande leilão, com a presença do leiloeiro Zé Carapuça! Não percam! Daqui há pouco, vamos ouvir o nosso candidato a prefeito, o cooroneeel Tiiibúúúrciiiooo! Também estará fazendo uso deste modesto, mas sincero microfone, o candidato a vereador, Chico Jurubeba, que, por sinal, é o proprietário deste aparelho, sempre imitado, porém, jamais igualado!" -O locutor tentava imitar um radialista famoso da época:

_"Mais avisos, quero dizer aaaapelo: ..., dona Mariquita pede, encarecidamente, a quem souber do paradeiro de sua bácora, "chita fina", por favor, entre em contato com ela. Ela oferece uma dúzia de ovos de pata a quem avisar sobre o paradeiro de sua leitoa, de estimação. E, agora, a primeira página musical, que vai para a jovem Marilda. Quem está enviando é o jovem Anselmo, como prova de muito amor e carinho! Na voz de Vicente Celestino, Porta aberta."

A campanha de Chico estava indo de vento em popa. Falavam até que ele iria ter mais votos do que o Coronel estava se constituindo num autêntico homem público:

Estevão sarou ficando amicíssimo de Chico, exceto Casca Dura e mais alguns do grupo. Os radicais diziam não ser da terra. Quase ninguém sabia de onde Chico tinha vindo. Casca Dura jurou nunca mais falar na boca de ferro e por cima ameaçou Chico; na primeira oportunidade que tivesse iria acertar contas com ele. Chico foi avisado por Estevão, mas não levou a sério as ameaças de Casca Dura.

Determinado dia, Casca Dura também estava na mesma rota de Chico.

Chico teve pressentimentos que algo estranho estava para acontecer; Não deu importância, soltou as rédeas de seu cavalo baixeiro, deixando que o possante animal andasse ao seu modo. Em determinada região, próximo a uma gruta, Chico ouviu pessoas conversando, aproximou-se, percebeu tratar-se de Pena Forte e Casca Dura, davam água para os seus cavalos.

Estancou seu animal e refletiu sobre as palavras de Estevão, lembrou-se do livro, do que nele estava escrito: "Se fizeres como te ordeno, passarás despercebido por teus inimigos, te transformarás em toco, monte ou entulhos, aos olhos humanos te tornarás invisível. Mas para que tudo isso aconteça, terá que agir da seguinte forma: ficará sepultado por três dias, abrirás mão de todos os teus sentimentos e sentirás nas entranhas de teu corpo a dor infinita da dilaceração.

Se estiveres disposto a proceder com este ritual, basta que pronuncies, mesmo em pensamento, as seguintes palavras: Aida das sete mitras mais usados, vinde vento, vinde manto escuro da noite, o tenebroso horror dos aflitos que choram sem consolação que trilha pela senda da maldição. Feche os olhos e diga convicto: "..., quero aceitar a deserção deste mundo e de tudo que nele existe, abro mão de tudo e de mim mesmo, assim até o fim...,". Chico percebeu que seus dois prováveis inimigos de morte, em poucos instantes estariam se encontrando. Chico disse para si pra si:

_Vou tentar, tem dado certo, vamos ver agora!

Fechou os olhos e pronunciou as palavras contidas

no misterioso livro. No momento em que os dois apontavam aponta pelo caminho, um vento morno, em seguida, outra rajada mais forte os afastou para o lado do caminho. Casca Dura vinha conversando, Pena Forte fumava Chico não se mexia, seu cavalo pastava como se estivesse em sua cocheira.

_Será que não estão mesmo me enxergando? Ou estão fingindo? -Chico pensava em voz baixa:

_Não! Não acredito. -Os dois passaram roçando, não perceberam a presença de Chico e nem do cavalo Rouxinol. Só uma coisa não entendeu; não ouvia o que eles falavam.

A resposta veio no terceiro dia

Tarde da noite, a cidade estava silenciosa, sequer um miado de gato se ouvia. Foi nesse momento que um enxundioso cachorro chegou perto de Chico que estava sentado num banco de tábua embaixo de uma mangueira. O cão agachou-se, exausto bufou. Chico observou o cão que começava a rosnar mostrando os dentes salientes e pontiagudos, de sua boca, a língua deixava escapar uma saliva grossa e ao mesmo tempo espumosa. O animal parecia já ter percorrido boa distância, sua língua estava num vai e vem terrível, dando mostras que tinha andado bastante. Intrigado, Chico se perguntava:

_De onde terá vindo esse cachorro de pêlos arrepiado e ensopado pelo suor. -Os olhos do cão chamaram a atenção: um olho era vermelho, enquanto o outro azul marinho. O animal parecia trazer uma mensagem. Sim, ele queria dizer alguma coisa:

_O quê? -Ao notar que estava sendo observado, o

cachorro olhou nos olhos daquele homem. De acordo com os movimentos, seus olhos mudavam de cor, esse comportamento   deixava Chico cheio de curiosidade.

_Como pode um cão ser tão esperto? Pelo jeito, quer me dizer alguma coisa, mas o quê? -Ia retornar quando o cão grunhiu e começou a caminhar em direção oposta. Chico tinha que decidir; ir para casa ou seguir aquele animal. "Vou segui-lo, quem sabe eu encontre algo esclarecedor? "Se não o seguir passarei a noite em claro, não dormirei".

Chico seguiu o cão, que balançava o rabo. Cabeça sobre o lombo, vez por outra, olhava para trás e balançava o rabo. Uma brisa fria caía sobre as mangueiras, de forma trepidante os pés de coqueiros balançavam. Chico seguia o cachorro cujas passadas já não eram tão tímidas. Seguia o cão há mais de um sexto de hora, as casas da cidade estavam ficando para trás. De repente o cão parou, olhou para Chico e balançando seu arrepiado rabo seguiu o caminho que levava para o cemitério.

_Não, cemitério não! Por instantes Chico pensou em desistir de seguir o misterioso cão, mas repensava.

_Não! Não vou parar, irei até o fim, afinal de contas, sou homem ou não sou? Claro que sou. Sendo assim, vou seguir o bicho e se necessário até brigar com ele.

_Chico enche-se de coragem, continuou seguindo o animal que parecia nervoso. Já em frente ao portão do cemitério. O cheiro de flores envolvia totalmente o local.

_A fosca luz da acanhada lua de quarto crescente, iluminava precariamente o local, de repente ouve um barulho lá pra dentro do cemitério fazendo os cabelos de Chico arrepiar. Sentiu as pernas pesarem toneladas, mal podia se mover. Uma sensação estranha sacudiu seu corpo que começava a transpirar um suor frio e coceguento.

_O cachorro! Onde está o cachorro? O cão não estava mais nas proximidades, desapareceu.

_Vou voltar! Esta história de seguir um cachorro pirento é coisa de tolo, de idiota. Xingando a si, por pouco, não esbofeteou sua cara.

_Cão maluco! Cachorro duma figa! Vai ver que estava com medo de vir até aqui, e foi em busca de um otário, um imbecil para servir de companhia. Sou mesmo um tremendo palhaço, se não bastasse a história de ser político, agora estou querendo também ser esotérico, coisa absurda! Estou ficando gagá; se não bastasse achar que virei um toco e agora, cheio de pressentimentos, em tudo enxergo visagem e...., só me faltava essa! O que esperava encontrar, seguindo um cão rabugento! Uma botija? Ou um bicho de sete cabeç...!

Chico não concluiu a última palavra, ouviu o uivo solitário vindo de dentro do cemitério. Olhou na direção do uivo, lá estava o cão espreguiçando-se sobre uma catacumba.

Pela forma de como se agita o bicho quer que eu chegue até lá. -Chico encaminhou-se para o portão do cemitério, ao empurrá-lo ouviu um rangido espantando um caburé que voou para dentro do bambual. Outro rangido parecia que as dobradiças de bronze não iriam suportar o peso do velho portão. Temendo por seu desabamento, Chico desistiu de fechá-lo, depois de dar umas cinco passadas, volta-se para o portão, em voz alta, diz:

_Quando eu for vereador, meu primeiro trabalho será solicitar a restauração deste portão, que descaso! Até parece que isto aqui não tem serventia nenhuma. - O cachorro deu outro uivo e Chico deixou seu projeto imaginário para depois.

_Parou seu diálogo com o portão, cauteloso foi ver o que estava atormentando tanto aquele insolente animal. Deu a volta pelo lado oposto da sepultura que estava cercada de um mato espinhento. Sem acreditar no que estava vendo a catacumba estava com o tampão retirado.

_Numa demonstração de alegria o cão pulou sobre Chico, a julgar pela maneira como me lambia, deveria estar muito contente. Seus olhos faiscavam..., o de cor vermelha era cheio de centelhas amareladas, Chico para e reflete:

_Aqui estou eu, um tremendo cara de bundão. Sem entender nada e nem o porquê de ter chegado até aquele lugar. O cão provava ser astuto, seu olhar era amistoso, a ver como ele cortejava Chico, pareciam amigos de longas datas. Em um desses assédios o cachorro o empurra para dentro da sepultura, Chico lembrou-se do que estava escrito no livro da capa preta, o ritual.

_Lembro perfeitamente quando lá no caminho me escondi do Pena Forte e de seu amigo ..., é, tenho que fazer esse negócio mesmo. Com coisas do outro mundo, não se brinca, tenho que realizar o ritual do sepulcro. Olhou para cima e viu morcegos voando e soltavam apitos. Pareciam contemplar a inumação daquele homem aventureiro que em breve, muito breve, iria passar por momentos de muito flagelo, aflição e desespero.

_Chico agarrando-se nas bordas da catacumba foi

descendo até pisar no fundo do buraco, sentiu algo estalando, ruído igual a ossos quebrando. O cachorro deu outro uivo, mais demorado. Parecia avisar para alguém que algo estava consumado, a cada segundo passado o uivo foi desaparecendo. Agora apenas grunhiu, grunhidos que mais pareciam lamentos.

Chico procurou acomodar-se num canto da sepultura, a luz ficava escassa, aos poucos foi ficando embaçada e o tampão da catacumba foi se fechando, o pesado ar aos poucos desaparecia, sua mente foi invadida por uma sensação estranha.

_O que estou fazendo aqui? –Perguntava-se, não tinha resposta. Minha mulher, como avisar minha mulher, como sair daqui?

De forma hermética fecharam aquele tampão, nada era possível ouvir. Silêncio total, nenhum canto de grilo se quer. o ar começava a faltar, um odor estranho penetrou em suas narinas.

_Que cheiro esquisito, eu nunca senti isso. -A sua cabeça além de doer, rodava, parecia ir desmaiar.

_Não, não estou desmaiando, é apenas mal estar. Alegra-se, seus sentidos voltavam ao normal, estava lúcido e raciocinava.

O ar cada vez mais distante, seu pulmão ardia, seus olhos não enxergavam nada naquela escuridão. Com o passar das horas, o que era tenebroso já não metia tanto medo.

_Coisas esquisitas! Meu Pai do Céu! Onde fui me meter. -À sua frente, viu uma gravura, parecido a cabeça do cachorro que seguiu há pouco.

_Mas o que isso está fazendo aqui? Sem dúvidas, é do cachorro peludo, até os olhos, um vermelho e o outro azul...,Chico enxergava a gravura da cabeça de um cachora, julgara ser o peludo.

_O enigma parecia não ter fim, as explicações eram ambíguas. O certo é que estava dentro de um buraco, praticamente soterrado, e o pior da história, ninguém sabia seu paradeiro a não ser o asqueroso cão.

_Maldita hora em que segui esse cão! Como pude ser tão imbecil! E agora, o que fazer?

Mais uma vez, lembrou-se do livro. Relutava para o pânico não se apoderar dele, só depois de muito esforçar-se, conseguiu dominar a situação.

_Se aqui estou, com certeza existem motivos, nada acontece por acaso. Esse cão não iria aparecer, sem mais nem menos! Certamente estou cercado de um grande e enigmático mistério, disso tenho plena certeza. De acordo com o livro capa preta, vou ter que ficar nesse buraco por três dias. Será que terei paciência para suportar tanta, tanta...? -Não fechou a frase, não sabia como seria o seu comportamento, no decorrer daqueles três, infinitos e tenebrosos, dias. Se é que seriam apenas três.

Chico fez um retrospecto de toda a sua vida, dos tempos em que ouvia histórias sobre os três dias de intensa escuridão. Nesses dias, os espíritos das trevas trafegavam por todos os cantos da terra, as bestas iam correr soltas à procura de seguidores e também iam. Destruir a todos que se opusessem aos seus mandamentos. Muito choro e ranger de dentes..., os pensamentos de Chico foram desativados, por instante pensou ter ouvido estrondos, parecia que a terra estava rachando ao meio, tudo tremia. O buraco onde estava trepidava igual ao lombo de um cavalo em trote.

_Se isto demorar mais um pouco, não vou suportar. -Levou as mãos à cabeça, sentia-se como barro numa maromba, se sentia tão cansado, como se tivesse corrido uma légua sem parar.

Aos poucos a trepidação foi parando e tudo voltou ao normal. As gravuras estavam bem mais à mostra, seus olhos estavam se habituando à escuridão, enxergava quase tudo. Percebeu haver no lado oposto uma pequena mesa de madeira e sobre a mesma um livro, de joelhos no chão, chegou até onde ela estava. Exclamando, disse:

_E não é que é mesmo um livro! Incrível, posso ler muito bem. Sem entender como, o certo é que podia ler.

"Pelo menos, tenho como o tempo". -Tentou pegar o livro, não conseguiu erguê-lo, era pesado. Tudo aquilo era muito obscuro. Não encontrava explicações. O ar estava cada vez mais fraco, sua respiração estava ofegante, pouco podia respirar, sem ar procurou inutilmente por uma saída, desistiu.

_Que ideia mais estúpida!

_Ar! Preciso encontrar ar.

Procurando ar farejava igual a um cão, sentiu uma corrente de ar passando rés ao chão, agachando-se o mais que pôde conseguiu puxar a respiração, finalmente respirava com mais regularidade, encheu seu pulmão, que ardia igual a uma pimenta. Deitou-se, tentou relaxar. Pelo menos, onde estava, existia bastante ar.

O medo de morrer asfixiado desaparecera, perdera a

noção de tempo. Tentou levantar-se, a ausência de ar o fez voltar à posição anterior, só tendo uma coisa a fazer, rezou todas orações que sabia, não conseguia lembrar-se de nenhum canto, religioso ou profano, não se lembrava de nada. Olhou novamente para os símbolos gravados nas paredes da catacumba, se perguntava:

_Quem terá feito isto? -Involuntariamente afaga uma gravura, teve tremendo susto, a parede começou a se mexer abrindo uma pequena fenda, em cujo lado oposto, não dava para visualizar absolutamente nada, era tudo muito escuro e frio.

_Tá doido! Não vou cair em outra; como dizia meu falecido avô, curiosidade também mata e ainda sou muito novo para morrer aqui soterrado, o constrangedor é ninguém saber onde estou.

Sentiu aroma vindo da direção da fenda, a fragrância se confundia com a de relva no amanhecer misturado a lírios, se perguntando refletia:

_Caramba! A gente cai em cada cilada. -Não se contendo, Chico cruzou a fenda, não sabia ele, que estava cruzando seu primeiro portal. No início era bastante apertado; depois foi se alargando, mas nada de chegar ao lado externo. Tudo muito complexo; o que imaginava ser uma saída para o lado de fora do cemitério, tinha quase certeza não ser.

_Interessante, é escuro, mas consigo caminhar sem tocar em nada. Até parece que conheço o caminho! -Nem bem concluiu a frase tropeçou em algo fino e comprido, surpreso disse:

_Uma vara! Não, mas parece um bastão. -Lembrou-se

de Anacleto, no dia em que esteve em sua casa, o livro e o anel.

_Este cajado é parecido com o de Anacleto, tenho certeza! É igual ao cajado que ele segurava, não pode! É o cajado de Anacleto, como são parecidos.

Lembrando-se de Anacleto, caminhava fenda adentro, segurando o suposto cajado. O aroma de flores era cada vez mais intenso, seu rosto estava molhado pela brisa fresca que também encharcava seus cabelos negros e ondulados, sem saber ao certo onde ia chegar continuava caminhando. Sabia que a qualquer momento chegaria ao fim daquela fenda, e ver onde aquilo iria dar.

_Credo! Quanto mais caminho mais distante fico. Não! Para aquele buraco não volto mais. Que idiota! Porque fui sair de lá, já pensou se alguém abre a catacumba? Maldito cachorro, onde se meteu esta peste? Se te pego, ia fazer a tua cabeça sair pelo rabo, miserável! Na verdade, não sei se ele ou eu.

Inesperadamente o cajado topou em algo, não era pedra e nem madeira, algo parecido com lata. Tateou e tornou a topar no objeto; agachando-se, apalpou ao redor era uma lamparina, a segura pela alça, como por encanto ela se acendeu, ao ver com mais clareza o lugar, exclamou:

_Não é possível! Nenhuma parede por perto; francamente! Estão de brincadeiras comigo, não é possível! - Chico estava no meio de um salão. Agora é que a porca torce o rabo se não for bicó. –Lembrou-se de um romance 'João Grilo', literatura de cordel.

_Nem que eu queira voltar, não saberia! Estou frito na banha de mucura, caramba! A gente se mete em cada enrascada! Se não me meto nessa tal de política, certamente, nesta hora estaria nos braços de minha flor! Como está ela? Será que tornarei a..., - Por pouco, Chico não jogou fora a lamparina, pensou na possibilidade de cair num buraco, preferiu não fazer isso. Era aterrorizante continuar caminhando por aquele lugar ermo e caliginoso. Tentava aumentar o passo; queria parar, também não consegui, uma estranha força o empurrava para frente.

_Coisa esquisita! Lugar de mistérios, cheio de paisagens, onde estou? Quando sairei daqui? -Naquela gruta sem fim. O frio era intenso capaz de anestesiar qualquer corpo. Algo reacende sua esperança daquele caminhante errante, muito distante ver algo que poderia ser uma fogueira. Se fosse, haveria alguém que lhe mostraria a saída.

As gotículas de brisa fresca caíam suavemente molhando seu rosto, cujo semblante mostrava seu tormento e flagelo. Para sua decepção, não era a luz que imaginara ser, e sim um candelabro reluzente, contendo sete esguias, velas de cera, parecia ser de ouro, suas labaredas bailavam ao flutuar.

_Sete velas! Por que, sete velas? Bobagens se fossem cinco, seis ou dez, que diferença faria? Desiludida vida de martirizada dor.

Não havia ninguém por perto, Chico olhava ao redor nenhuma viva alma. Percebeu que a vela do centro se destacava das demais; era grossa e sua lavareda era de cor rosa choque, às vezes mudando para o azul marinho, Chico lembrou-se do cachorro e entre dentes disse:

_Se o cão é o melhor amigo do homem, como posso

ter sido vítima de um? É melhor pensar em outra coisa, não devo relembrar o cachorro. De repente a cabeça de Chico começou a girar, desviou seu olhar para a luz de sua lamparina e; estranhou:

_Estranho! Ela apagou, pouco importa se acesa ou apagada não faz muita diferença. O certo é que continuo neste inferno! Inferno? Será que o inferno é aqui? Mas onde estão os demônios? Não vejo nenhum, só escuridão e este cascalho duro que continuo pisando. Seu cajado começou a vibrar, freneticamente sacudia, parecia que a qualquer momento ia subir e para complicar ainda mais na direção do candelabro.

_Estranho! Vou seguir o impulso desta vara e ver aonde ela vai. -O cajado encostou-se ao candelabro e para surpresa maior se prendeu ao candelabro. Chico não teve outra escolha, senão soltar a lamparina, esta ao cair no chão deu um estouro, instantaneamente tomou a forma de um pássaro negro, saiu piando até não ser ouvido.

Sem hesitar, Chico segurou o candelabro, pareci ouvir alguém suspirando, suspiro de angústia e dor. Candelabro na mão esquerda e cajado na outra, seguia o rumo do desconhecido. Suas passadas produziam ecos secos, deixando crer haver mais alguém que também caminhava com ele. Chico para, olhava pra trás e se pergunta:

_Quem será que me acompanha? Tenho certeza de que estou sendo seguido. Desde que segurei o candelabro alguém me acompanha. Coisa esquisita! Até parece contos de reinos encantados. -Sentia fadiga, estava banhado em suor, sua mão molhava o cajado. Pensou em soltar o cajado, por pouco, não o jogou fora, desistiu, continuou sua caminhada. Se seu destino era inseguro, suas passadas mais ainda. Às vezes tinha a impressão que a qualquer momento iria cair num abismo. Percebeu algo estranho em uma das velas. Com cara de assombrado se pergunta:

_Quede a outra vela? Desapareceu! Mas como? Impossível, eu hein! Isso está ficando tenebroso e emblemático, só restaria me deparar com uma velha nariguda montada uma vassoura.

Minutos mais tarde, outra vela desaparece. Só restavam quatro no candelabro; duas no lado esquerdo, uma no lado direito e outra no centro, a maior, a chama de fogo era da cor lilás. Chico percebe que em determinada posição a cabeça do mico encastoada no cajado piscava. Propositadamente mudou a direção, o cajado deixou de piscar, voltando à posição anterior, a caveira voltou a sinalizar.

Seguiu a direção sugerida, caminhou por um quarto de hora, quanto mais andava mais a luz ficava forte, em determinado momento não apagou mais.

_O candelabro? Como pode ter desaparecido, sem que eu notasse? Não é possível! -Intrigado, não sabia como aquilo acontecia. Estava encafifado com a forma que a vela do centro flutuava e se transformava numa pira, as chamas de fogo tremulavam promovendo um sinistro, bailado. Um foco de luz azulado circulava em volta da fogueira. De maneira imaginária e acompanhando o movimento das chamas surgiram três caveiras bailando ao seu redor. Chico não teve medo, tampouco se espantou, apenas contemplava o quadro fixado na parede. Assistia a cena como alguém que assiste a um jogo de futebol cujo resultado pouco importa, o que viesse era lucro. De uma coisa tinha certeza, naquele lugar não podia se refugiar caso surgisse algum imprevisto.

A gigantesca sombra de uma mão apareceu agarrando as três caveiras e rapidamente as jogou na fogueira, as vorazes chamas não hesitaram em consumir as alegres dançarinas. A seguir, as chamas começaram a se enroscar uma à outra. A forma sombria da figura de um touro negro ia se formando, aos poucos a imagem do touro ficava nítida.

Dava para ver com clareza se tratar de um animal fogoso; a julgar pelo seu aspecto, não era nada amistoso: fumaça negra escapava de suas narinas, ao bater com suas patas dianteiras no cascalho provocava sons estridentes; seus compridos e pontiagudos chifres tinham as pontas avermelhadas. Presa em seu nariz ofegante uma reluzente argola dourada, seus olhos eram cor de fogo, faiscante.

Chico reviveu os tempos de criança, visualizou sua velha morada: uma casa no pé da serra. Em volta dela, o curral e muito gado, carneiros pastando e o velho pai-de-chiqueiro cortejando uma cabra malhada. Lembrou-se do dia que fugiu do touro corisco, tendo que se abrigar numa torça de espinhos. Do primeiro potro que montou e do que levou.

_Por que estou me lembrando de tudo isso? Talvez por causa das sombras! Sombras coisa nenhuma! Isto aqui é muito real.

Às pressas, retornou de sua viagem ao passado, tinha viajado há muitos anos atrás, cujas lembranças o fizeram lagrimar.

_O touro? Onde está o touro? -Não teve tempo de se perguntar outra vez; o animal enfurecido vinha em sua direção. Teve que ser rápido, muita coisa veio a sua cabeça; correr, correr o mais que pudesse. Entrou numa torça de espinhos.

_Não! Não vou fugir! Vou enfrentá-lo! Ele é forte, mas sou inteligente, conheço o seu ponto fraco. -Chico ficou em posição de defesa. O touro estava a uns vinte metros, se lembrou do cajado, não estava mais em sua mão.

_Onde está o cajado? -Olhou para um lado, para o outro, não viu o cajado, seria a única arma que dispunha.

_E agora? Não posso mais correr! Ele me pegaria do mesmo jeito, cadê o cajado? Onde está esse maldito cajado? Já que não o tenho, o jeito é me agarrar com o bicho.

O furioso animal partiu em sua direção; Chico fez um gingado acrobático, conseguiu desviar-se do garrote enfurecido.

_Ufa! Foi por pouco, quase me atingiu.

Outra investida, o touro voltava a desferir novo ataque, desta feita, não conseguira evitar o choque. O touro estava muito perto, Chico agachou-se o mais que pode e o boi de lombo tisnado muito perto, deu pra sentir o bafo quente expelido por suas narinas, sem pestanejar, segurou na argola presa ao nariz do garrote, não sabia vinha aquela força, até parecia segurando um pintainho! Lembrou-se do outro touro que o botara pra correr. Começou a chicotear o enfurecido animal, só vindo a parar quando sentiu que o animal estava inerte, não se mexia mais.

_O cajado! -Exclamou, segurava novamente o cajado.

Ouviu um som vindo do alto, vozes de crianças, um coral, um canto de lamentos, súplicas e dor. Uma luz muito branca, vindo de cima, clareava tudo em volta. Chico pode ver outra fenda, do outro lado do paredão, lado oposto do desfiladeiro.

Na parte de baixo corria um líquido vermelho em forma de bolhas, parecia ferver. Chico voltou o olhar para a fenda, continuava aberta, aproximando-se percebeu não se tratar de uma simples fenda e sim um majestoso portal. Estava decidido, ia se adentrar. A parede media aproximadamente dois metros de espessura, uma claridade fosca, havia luz era bom sinal.

Ao se aproximar viu que a porta era rodeada por imensas pilastras, muito bem trabalhadas. Barulho às suas costas era o portão se fechando. Voltou-se, e a fenda não estava mais aberta. O paredão voltou a ficar intacto.

_Pelo menos aqui está claro, está melhorando. -Existia luz, mas não viu nenhuma árvore, vegetação de espécie alguma. O nevoeiro que apareceu sem mais nem menos, da cintura para baixo não enxergava nada. Olhou para trás e não viu o paredão.

_Como pode? Ainda não andei quase nada, não deu tempo para o paredão desaparecer.

Outra vez, no centro do nada. Olhava para cima e também não via nada; nem nuvens, nem pássaros, coisa alguma que parecesse ter vida. Percebeu haver vento, tinha a impressão de caminhar sobre nuvens. De repente, o cajado estremeceu como já dominava o comportamento daquela vara mágica, seguiu a direção por ela orientada, ao mudar de direção o cajado tremia, não tinha como, era seguir ou seguir.

_Estranho! Não sinto fome, nem sede, tampouco cansaço, que aventura! -O cajado servia de bússola, o guiava naquele obscuro caminho, cujos rastros não podiam ser vistos por ninguém. Uma sensação estranha; algo o puxava para um lado, mas o cajado o guiava para outra direção.

_Não devo trocar o amor velho pelo novo, os novos se vão, enquanto o antigo permanece.

Veio à mente antigas lembranças de sua falecida avó, sempre falando assim. Lembrou-se de sua tia e da modinha que sempre cantava pra ele dormir:

"Pipira roxa da beira do campo, espalha pena com o bico. Menina, se pode, pode; se não pode, me despacha. Pau d'arco botou flor, jabuti comeu debaixo. Menina, se pode, pode; se não pode, me despacha. Pau d'arco botou flor".

Cantarolava sua velha modinha, ao mesmo tempo em que seguia o impulso de seu cajado. Vez por outra, travava uma batalha com seu íntimo.

_Acho que deveria ter seguido para o lado da força. -Com olhar de recriminação falava em voz alta, enquanto olhava para o cajado; como querendo dizer: "..., se não der certo, o culpado é você".

Um estranho som vindo do alto chamou sua atenção, era um enxame de abelhas em revoada, quem sabe à procura de um novo cortiço. Passaram tão próximo que Chico pode ver a cor das abelhas, eram negras e graúdas, milhares delas.

Chico contemplou-as, sentiu-se aliviado, disse:

_Se existem abelhas; existem flores, se existe flor, existem plantas, existindo plantas existem vidas.

Sentia o coração disparar, estava sendo tomado por um forte impulso, agarrou-se ao cajado e começou a dançar, dançou até não poder mais.

_Meu cajado? Onde está meu cajado? -Novamente o cajado tinha desaparecido.

_Como isso é possível? No momento em que mais preciso, ele me deixa! Maldita vara de ferrar gado. -Praguejava contra seus conturbados dias de aventuras infinitas.

_Quantos dias já se passaram? Se é que faz mais de um dia que estou nesta louca aventura.

As árvores eram baixas e entroncadas, parecendo anãs. As cascas e folhas tinham aspectos diferentes. Nada ali se assemelhava às suas ervas medicinais.

_Meu cajado? Onde se meteu o danado? Habituou-se a ele.

Olhou até onde sua vista podia alcançava nada do cajado, estava desolado, dada a amizade nada não via nada que pudesse substituir seu misterioso bastão. Marcou um rumo, como não havia sol ficava difícil se localizar. Ao lado direito avistou duas montanhas do lado oposto, bem mais alta, Chico se questionava:

_Ali tem duas e do outro lado uma só! Em que direção seguir? Olhou mais uma vez para as duas montanhas e fazendo cara de desânimo, olhou para o alto e exclamou:

_Por que tanto mistério? -Decididamente iria à direção da montanha solitária, atendeu seu impulsivo desejo de seguir naquela direção. Mesmo sem ver nenhum animal ou inseto, sentia a presença deles por perto; borboletas, pássaros, lagartixas e outros..., mas ao fixar os olhos, o vulto, ele desaparece. Ia tentar ficar indiferente a tudo aquilo. Continuou caminhando rumo à montanha solitária.

_Não é possível! A montanha parece também caminhar? -Não estava enganado, a montanha se deslocava em velocidade bem maior que a sua. Chico desistiu, mudou de direção e exclamou:

_Não é possível! As duas montanhas estavam muito próximas, mais ou menos a uns cinquenta metros, nem bem se refez de sua surpresa ouve estrondoso tropel, intenso ruído de cavalos correndo.

_Não vejo nada! -O tropel cada vez mais próximo. Chico olhava para a planície, mas os cavalos não corriam pelo chão, sim pelo ar, era uma manada de mais ou menos trinta animais alados. Chico se admira:

_São cavalos! Havia apenas um garanhão branco, que farejava o ar cortejando seu harém, abria a boca mom querendo beijar ao mesmo tempo que batia as patas dianteiras, pelo jeito, todas estavam no cio.

_Impressionante como eles se amam! Como demora a realizar o ato sexual?

_Um relincho estridente vindo do lado oposto ecoou no ar, igual a um furacão, outro corcel aparece, tão possante quanto o branco, tipos de animais só existentes nas fábulas, era um possante alazão! Chico arregalou os olhos, era admirador de um bom cavalo e aquele exemplar era da melhor estirpe. Sentiu vontade de montar em deles e sair galopando naquela pradaria.

_Minha nossa! Vão se matar, que pena! Um deles vai morrer! -Os vidrados olhos de Chico não escondiam a tristeza, sabia que naquela manada não existia lugar para os dois garanhões. E foi isso o que aconteceu, primeiramente, o tradicional ritual do início do bom combate; com rigor e determinação seguiam as regras da grande luta os animais pareciam obedecer as determinadas orientações de seus técnicos, cujo vencedor só seria proclamado quando seu oponente tombasse sem vida.

Cada um girava em torno do outro, aumentaram a velocidade do giro, tentavam morder a garganta ou pescoço de seu oponente. Passado uns cinco minutos a técnica tendeu a desaparecer, destemidos e bons lutadores, definidamente, partiram para o tudo ou nada, o intruso era forte, tanto quanto ao garanhão da manada, um coice pesava quase uma tonelada, se no focinho ou patas não teria como sobreviver. Mas para ser o dominante o garanhão teria que vencer.

Ao morderem a pele do outro seus dentes fortes e afiados estalavam. Os sons abafados dos impactos de seus cascos de encontro ao corpo do outro.

_Que estupidez! Não poderiam dividir o harém? -O alazão descuidou-se, abriu a guarda e recebeu violento golpe o deixando atordoado, perdendo os reflexos, não evitou o coice fatal, ainda tentou reunir o restante de suas forças, era tarde, foi a knock-out, inutilmente tentava se levantar, as éguas rodeando o corcel branco o proclamaram novamente o líder, continuou sendo o rei da manada, o garanhão levanta a cabeça, rincha, reuniu o rebanho e partiram cabisbaixo o alazão fechou os olhos.

_Estranho! Vão pelo chão. -Em galope, a manada desapareceu na pradaria, por ser primavera, deixaram para trás intensa nuvem de poeira.

Chico aproxima-se do cavalo caído, passa as mãos sobre suas costelas e percebe que o animal estava vivo. Depois de minuciosa procura viu que ele não tinha nenhuma fratura, bom sinal, não seria preciso sacrificá-lo. Olha ao redor à procura de alguma coisa que pudesse reanimar o animal.

_Olhou ao redor a procura de algumas ervas, atendendo seu instinto, volta a olhar para o cavalo, uma serpente se aproximava, procurou algo que pudesse afugentar o peçonhento bicho, nada, pelo visto a serpente ia atacar, estava de bote armado, Chico deu a volta, com agilidade extrema, jogou-se sobre a serpente a agarrando perto da cabeça, ao se sentir presa pelas mãos de Chico, a serpente tentava se livrar enroscando-se em seu braço. A luta era de vida ou de morte, caso a serpente o picasse, estaria perdido, não tinha a quem recorrer.

A serpente era excelente contorcionista, instantes depois parou de se mover, aos poucos, aquele tentáculo mortal se soltava pendurando-se no braço de Chico, de um momento para outro mudou de cor e formato, até se transformar completamente em seu cajado. Finalmente, estava de posse de seu misterioso cajado. Desta vez não chamou palavrões, examinando-o não estava danificado. Voltando para o lugar onde estava o cavalo, ele balançava a cauda e pastava tranquilamente. Exclamando, sorriu dizendo:

_Que belo animal!

Aproxima-se do alazão que não saía do lugar. Chegou

perto, o cavalo levantou a cabeça, sacudindo seu corpo musculoso, botou as orelhas para frente e rinchou, Chico entendeu o animal, ele aceitava sua companhia.

_Vou montá-lo. Pelo menos vou tentar. -A audácia de Chico misturada ao prazer de ver algo com vida o deixou entusiasmado. Em pelo, pulou sobre o dorso do animal que não refugou.

_Iêpaa! Iêpaa! -O alazão saiu em trote, seguiu seu rumo imaginário, para ele, a direção pouco importava. Aos poucos o cavalo aumentou o trote, disparou, corria e corria, não conseguia manter os olhos abertos, cerrou as pálpebras e deixou acontecer.

O galope lhe fazia bem, depois de minutos o cavalo foi diminuindo até ficar apenas caminhando. Chico abriu os olhos.

_Não acredito! Estamos no alto da montanha. -De um lado, o desfiladeiro; do outro, a imensa planície. Chico observou que, numa rocha logo à sua frente, existia um molde no formato de um castelo ou coisa parecida, o cavalo balançou a cabeça, como se ordenando ao cavaleiro para descer. Chico apeou-se aproximando-se do portão de entrada. Olhou para o cajado a espera de algum sinal, nada.

O cajado parecia adormecido, não se manifestou. Aproximou-se, da porta, ia bater e esperar o que aconteceria.

Em qual das portas eu entro? Na de número um, dois ou três..., vou nessa aqui, após a batida ouviu som de tramela girando e logo a seguir o ranger de dobradiças arranhando, em menos de um minuto ela se abriu. Precavido Chico procurou observar o que havia lá dentro, só dava pra ver o imenso e ostentoso salão.

É, vou entrar, pior de que já passei impossível acontecer. -Com seu inseparável cajado entrou, dentro do salão uma mesa e dois círios, na cabeceira uma cadeira ostentando exuberante encosto, nela estava esculpido a cabeça de um touro, parecido com o que tinha lutado. No teto um candelabro prateado, nele sete velas. Em um dos lados do salão em forma triangular vários bancos. Chico olhou para o cajado, balançou e disse baixinho:

_Onde devo me sentar? -Nada, o cajado continuou calado.

Acomodou-se num banco em uma das pontas. No lado oposto, outra pira que deixava escapar fumaça branca e aromática.

Este perfume? O conheço de algum lugar, já sei! É o mesmo cheiro do cemitério.

Uma batida forte de gongo quebrou o silêncio daquele solitário, porém aconchegante lugar. Um segundo baque, acompanhado de outro que seria o terceiro, esse mais forte que os dois primeiros, cuja vibração estremeceu o corpo de Chico. Seus tímpanos pareciam estourar. Protegeu a cabeça entre as mãos, apertando-a entre os joelhos.

Uma luz forte clareou o extenso salão, Chico percebeu que a luz circulava, como que a procura dum lugar para ficar. Finalmente a luz parou de circular, sobre a cadeira de encosto, uma voz rouca e fanhosa, parecida a de um ventríloquo, a voz ordenava que todos ficassem de pé.

_Como todos? Só estou eu aqui! -Se questionou

Chico.

Ao levantar-se veio a surpresa; os demais bancos estavam tomados, exceto onde estava sentado. Chico esforçava-se ao máximo para distinguir os demais, mas suas fisionomias estavam embaçadas, turvas.

_Isto pouco me importa, se conheço ou não conheço esta gente, quero, mesmo, é ver como isso vai terminar, até aqui eu tenho..., - Não concluiu seu raciocínio, ouviu um som, cujo instrumento desconhecia o afinado e harmonioso som, era gostoso de ouvir.

_Envolto de um manto marrom, deu entrada à grande sala um homem de barbas grisalhas, trazendo em uma das mãos um cajado semelhante ao seu.

Chico observou que todos ali tinham na mão um cajado, eram idênticos. Uma fumaça emergiu da cadeira, onde, supostamente deveria ser o lugar do poderoso chefão.

A fumaça foi se dissipando, concentrando apenas na cadeira, começou a mudar de cor e de formas. Algo cilíndrico começou a surgir, em forma de rodilha, um som grave saía da boca de todos, compassadamente o som foi aumentando e aumentando. Chico foi se envolvendo com a vibração do som, em determinado parecia flutuar. A sensação era boa, sem se conter, tentou acompanhar, se arriscou, mas o que conseguiu fazer foi apenas um piado, as notas eram altas e sua garganta não suportava, envergonhado parou, tentou se justificar:

_É! Nunca fui bom cantor. -Finalmente a forma cilíndrica tomou forma de uma criatura, uma serpente com cinco cabeças.

_Interessante, não estou..., com medo, se contasse isso aos amigos jamais acreditariam. Diriam se tratar de mais uma história de pescador ou caçador. A verdade é que estou vivenciando esta aventura. Nem no romance; 'Reino da Pedra Fina' existe lugar igual a esse.

A serpente fitava a todos, cada cabeça tinha uma maneira de se movimentar, a do centro, era a mais agressiva, parecia que a qualquer momento ia saltar, mais uma vez o gongo voltou a soar, expeliu seu som forte. Chico deduzia se tratar da chegada de alguém importante.

_É mais um..., que vai chegar. -Dito e feito, surgiu um vulto no lado oposto, sobre ele um turbante escuro. Seu traje se resumia em apenas uma tanga na forma de avental, cobrindo apenas seus órgãos genitais. Em seu umbigo uma grande flor, parecida a uma flor de girassol. Para sua surpresa o homem de aspecto mediano sentou-se sobre a serpente, ficando suas cabeças próximas ao seu ombro esquerdo, a sessão vai começar, tomara que não termine em sacrifícios humanos, sussurrou Chico.

_A voz do homem que sentava sobre a serpente, era forte e todos a ouviam muito bem. Ao contrário do anterior, suas palavras eram bem pronunciadas.

_Pela louvação de todos! -Disse, ele.

O homem deixava claro, ser ele o mandachuva maior, logo apelidado por Chico, de Mamedes, um amigo seu. Todos menos Chico, vestindo túnica cinzenta, com duas listras violáceas em volta do tórax. Chico observou que, aos poucos, os homens iam saindo. Passavam por uma porta estreita e não mais retornavam, deixando-o encafifado.

Finalmente chegou sua vez, por instante relutou em seguir os demais, mas seu cajado deu sinal de vida, Chico entendeu que deveria seguir na mesma direção, assim o fez: passou pela porta estreita e logo se deparou com um quarto escuro e úmido.

_Caramba! Vai recomeçar tudo novamente? -Outra cadeira, parecida com a do salão, até a gravura era igual. Para Chico, tudo continuava muito ambíguo.

_Como desvendar tanto mistério? Com certeza é o mesmo touro. -Um ancião de cabelos grisalhos e bigode, igual ao de mandarim postava-se na outra extremidade. Em outra porta, certamente pela qual os demais tinham saído três candelabros, cada um com três velas, todas acesas, mas o recinto estava em penumbra, parecia que algo muito potente, engolia toda a luz.

Chico continuou de pé, até ouvir uma voz lhe ordenando para sentar-se. Olhou para um lado, para o outro, não viu outra cadeira então, continuou de pé. Alguém ordenava para ele sentar, sobre a cadeira, a serpente em forma de rodilha repousava.

_Eu heeein! Tá doido? Vou sentar coisa nenhuma! -Relutou, quis voltar atrás, mas dois braços fortes o empurraram, desequilibrado e sem alternativa, para não cair, teve que sentar-se. A serpente se movimentou deixando Chico tresloucado, a voz serena tentava acalmá-lo.

_Tens medo de quê? -Silêncio, não pronunciou nenhuma palavra.

_Da morte?

_Chico olhou para o homem que estava de pé. Percebeu não ser ele quem falava. A voz vinha da outra extremidade da parede. A presença daquele homem lhe dava segurança, tentou se mexer, mas a serpente se movia. Parecia que aquela víbora, a qualquer momento, iria atacá-lo. Ficou quieto o mais que podia, parecia uma estátua. Outra vez a mesma voz e o mesmo questionamento. Finalmente Chico atreveu-se a falar:

_Quem você é?

_O que isso tem a ver?

_Para a gente conversar é preciso que saibamos quem somos e o que queremos, não é mesmo?

_É, você tem razão!

_Claro! -Chico quase não deixou seu misterioso interlocutor acabar de falar, deu logo prosseguimento à conversa:

_Com certeza o senhor já deve saber quem sou, porém, não sei quem é o senhor, aí está a diferença.

_Se eu fosse me apresentar, levaria muito tempo. Meu nome é muito comprido. Por que não temes a morte?

_Não sei, de mim mesmo. Onde estou e quem é o senhor?

_Estamos em outra dimensão.

_O que é isso? Onde fica esse lugar?

_Muito distante.

_E, por que tudo isso?

_É uma causa nobre.

_Como, nobre?

_É que no meu neprótero..., - Chico não deixou a voz continuar:

_Deixa de lenga, lenga e vamos logo ao que interessa. Estou aqui, não sei ao certo há quanto tempo, não sei se sou prisioneiro ou hóspede. O certo é que já estou bulufa da vida. Quero ver minha Mulata, meus amigos e tudo o mais. Estou perambulando e já vi tanta coisa que até Deus duvida. Nunca mais urinado e nem defequei. Quero comer feijão, arroz, farinha e outras coisas, mas o pior de tudo é que não sinto fome!

_É que estás no período de isolação.

_Era só o que faltava! -Esbravejou Chico demonstrando entender o que o misterioso homem falava.

_Acalme-se, ficar nervoso de nada vai adiantar.

_Como ficar calmo? -Chico achou melhor fingia aceitar o jogo, ia ver onde tudo ia chegar. De uma coisa tinha certeza o assunto era sério.

_Escute-me, com muita atenção e depois de me ouvir reflita. Como dizem vocês, 'pra valer!' Sei que tens boa memória, já provaste. -Atentamente, Chico ouvia tudo que o homem dizia.

"Você está na segunda fase da evolução, ficarás neste pleito até alcançar o portal divinal. Terás que suplantar a fase material, a mais complicada.

Complicada? Como complicada. -Aquela conversa estava começando a ficar chata, Chico finge aceitar.

_Temos que partir de um ponto, não podemos conversar se desconhecemos totalmente o assunto.

_Valei-me, meu senhor Jesus Cristo.

_acreditas em religião? Parece que não

_Acredito em Deus que nos criou, por quê?

_Tens certeza?

_Claro! Acredito em Deus Pai, Deus Filho e deus Espirito Santo.

_Pelo jeito, és católico?

_Digamos que sim, digamos que não. E o senhor, qual a sua?

_Não a tenho, não preciso, digamos que a mesma que a sua.

_Danou-se! Como?

_Também não. As religiões são meios dominantes.

_O senhor é contra?

_Também não.

_Não entendi nadica de nada, não é religioso mais aceito. Vá entender.

_Mesmo erradas, ela não poderia deixar de existir, o ser humano gosta de ser enganado, mesmo sabendo que aquilo não existe, acompanha mesmo assim.

_Mas pra mim, certa só existe uma.

_É? O homem domina, mata, tira os direitos dos outros. Muitos saem com um livro debaixo do braço enganando e tirando proveito.

_A bíblia é sagrada.

_Sabe quem a escreveu? -Chico ficou pensativo. Seu interlocutor insistia.

_Sabes ou não sabe?

_Na verdade nunca pensei nisso, verdade.

_Podemos continuar a conversa, deixando o livro pra mais tarde, te pergunto? Você sendo católico acredita em céu, inferno e purgatório, acreditas?

_Sim! Claro que acredito. -Chico encheu-se de razão..., nascemos e logo morreremos, e quando tudo isso acontece, se fizermos boas obras, vamos para o céu; se não, para o purgatório. Do contrário para os quintos dos infernos. É esta a concepção que tenho da vida. Estou certo?

_É...., acho que podemos continuar o assunto, vamos continuar.

_Falemos do primeiro plano, o céu? -Chico foi direto.

_Não! Falemos da terra, o lugar onde tudo começou ou quase, sua primeira evolução e de sua morte, pra onde você poderá ir.

_Não me diga que vou para o inferno! Sei que não poderei ir direto para o céu, mas para o inferno..., não! Não sou tão pecador assim!

_Não foi isso que quis dizer, afinal de contas, esse negócio de inferno, purgatório..., foram coisas que inventaram para escravizar e dominar, digo; complicar o plano universal.

_Como! Não existe o inferno?

_Vejamos se entendi; você tem um corpo material,

uma alma e um espírito, é assim?

_Sim, tenho um corpo e um espírito.

_Tudo bem! Se você morre a carne apodrece e o espírito ou a alma como é que ficam?

_Nunca pensei nisso.

_Tá bom! Suponhamos que em vida, você tenha perdido um de seus membros.

_Como assim?

_É apenas suposição! Perdido uma perna ou um braço. Pergunto-lhe: se fosse o caso, seu espírito também ficaria amputado, sem o braço ou perna? -Chico começava a se interessar pelo assunto.

_Deixa-me pensar: ma..., me mi, mo e um, acho que o espírito ficaria completo, não perderia nada. Ele é imortal.

_Quer dizer que o espírito não morre, é imortal?

_Sim, é o que imagino, pelo menos foi isso que me repassaram.

_Tudo bem! E o que você acha que existe no inferno?

_Ora! Muita tribulação, sofrimentos, o demônio enterrando espeto quente no rabo dos outros. Dizem que o cão espeta o corpo das pessoas usando tridentes em brasas e que jogam essas pessoas em tachos de chumbo derretendo. Por aí afora, tudo isso e muito mais, se eu for lhe contar o que eles fazem com a gente, dá até medo. -Chico estava eufórico.

_Vamos por partes.

_Como assim, por partes?

_Se a alma ou espírito não sente os efeitos materiais, é porque é imortal. Certo?

_Certo.

_Sendo o espírito imortal; não deve sentir dor, não sentindo dor como pode sofrer? -Chico passou a mão na testa, esquecendo que estava sobre a serpente tentou se levantar tomou um susto, ela se mexeu e o homem prosseguiu.

_Você não acha estranha a narrativa sobre o sofrimento eterno?

_Não sei, não, ainda não tinha pensado nisso. Como é mesmo? Deixa ver se entendi. O homem morre e vai para os quintos, chegando lá, vai passar por um bocado de sofrimento; espeto quente e tacho de chumbo derretido. Sabe que eu começo a gostar da nossa conversa? Isso nunca ninguém tinha me dito. Como nunca pude ter pensado nisso? Mas me diga uma coisa: como é que os demônios nascem?

_Os demônios não nascem, ou melhor, eles não existem.

_Não existindo, a religião acaba.

_ Como assim, acabar?

_Só rezamos e somos contritos porque acreditamos no demônio. Tudo que os evangélicos falam, metendo sempre o demônio no meio de tudo. Como maneira de atemorizar, criaram esse bicho feio, empurram garganta abaixo. Criaram um lugar temeroso, cheio de dor e tribulação, para contrastar; criam outro lugar cheio de muita paz e bondade, o paraíso eterno.

_Não pode ser! O demo não existe? Já ouvi os mais velhos dizerem que se o cão morrer o mundo vai ficar silencioso, calmo. Vai ser um desatino só...! Claro que ele existe! Existe, sim! E nem poderia deixar de existir, cruz credo, ave Maria.

_Para a sua decepção, os demônios não existem. Pelo menos, assim como acham. Você já pensou no início de tudo, como tudo começou? -

_Claro! Deus fez a terra, os matos, os bichos, e concluiu sua obra no sexto dia, no sétimo, contemplou tudo e achando muito belo admirou-se. E tirou um cochilo. Não foi assim?

_Tem sentido.

_Como tem sentido?

_Tem sentido, mas não é tudo.

_Como não é tudo? Você parece um comunista. Cruz credo. -O homem sorriu e comentou.

_Vamos deixar o lado ideológico de lado, esse é bem mais complicado. De onde você acha que veio Deus?

_Deus não teve princípio, nem terá fim. Tenho dito.

_Isto é o que os pensadores preguiçosos dizem.

_Como assim, pensadores, preguiçosos?

_É muito difícil de explicar e pior, entender.

_Tá vendo? Se você tem dificuldade em explicar, imagine os outros em entender. Quem na verdade é o senhor?

_Sou você no futuro.

_Encrencou de vez, o senhor tá dizendo que eu sou o senhor lá adiante?

_Isso mesmo, eu sou você num plano evoluído, posterior.

_Como isso é possível?

_Através das pilastras transcendentais. Os seres humanos estão muitos anos atrás; digo: são lentos, preguiçosos. Com muita demora conquistou metade dos mares e em breve irá à lua.

_O senhor agora disse uma grande tolice, ta doido? Nunca isso vai acontecer.

_Claro que sim e muito mais. Vocês têm condições de ir muito mais além, isso se deixarem de usar o sistema mecânico e entrarem no metafísico.

_Metafísico? Nunca ouvi essa palavra.

_Vou explicar, o mecânico é através da máquina, motor o metafísico é outro método: daqui para a lua levaria em torno de cinco a três dias, na velocidade da luz umas quatro horas. Só que a essa velocidade a matéria se desintegraria, vira pó. Para que isso não aconteça terá que passar pelo estágio da dualidade. Aí é que vai entrar o espírito, o homem terá que saber retirar o espírito da matéria, só o espírito será capaz de resistir..., que gerou alguma coisa de onde surgiu? Ninguém vem do nada e nem de lugar nenhum. -Chico, adormeceu, minutos depois

_Minha cabeça..., como dói! Estou cansado, acho que não posso caminhar.

Chico estava cambaleante, quase não ouviu a voz do

suposto guardião, que apontou para um canto da pequena sala, ordenando que deixasse seu cajado junto aos outros.

Sem relutar, guardou o seu junto aos demais. Ia se encaminhar pela mesma porta de entrada, mas sua passagem foi obstruída pelo ancião que, com um gesto, apontou outra saída, era uma porta estreita e baixa. Chico teve que se agachar para não bater com a cabeça, não era uma porta, era um túnel. Relutou em seguir, mas voltou a ouvir a serena voz que o ordenava a continuar, deveria seguir em frente sem olhar para trás. Assim o fez.

Depois de se arrastar por um quarto de hora, finalmente, logo à sua frente, enxergou uma claridade. Apressou o passo, por ter ficado muito tempo na mesma posição estava cansado. Chegou ao lado oposto, sentiu um vento forte e frio, impiedosamente soprava em seu rosto desfigurado. As fragilizadas árvores relutavam para não serem arremessadas ao solo. Chico quis recuar, não podia, o túnel estava fechado, não tinha como retornar.

Outra saraivada de vento o pegou em cheio, o sacudindo de encontro às rochas. Mesmo com dificuldade em enxergar pode distinguir um ponto escuro que se locomovia em sua direção. Aos poucos, o pequeno ponto era visível, bem maior, dava pra perceber que se tratava de um animal, um cachorro! -Exclamou.

O vento soprou com mais força, forçando-o a proteger os olhos da intensa poeira que subia. Algo peludo esbarrou em suas pernas. Não podia ser, pensou Chico. Era o cão que também buscava se refugiar e procurava proteção. Chico abriu os olhos, não se conteve; era o mesmo cachorro que o tinha guiado até o cemitério. Não tinha dúvidas, tratava-se do mesmo animal. Estando os dedos em sinal de amizade, o cachorro balançou o rabo e levantando-se, botou as patas dianteiras no ombro de Chico lambendo seu rosto. O peludo começou a correr em círculos, era latente sua alegria. Como por encanto, o vento parou e tudo ficou no mais absoluto silêncio.

As nuvens brancas deram lugar a outras escuras, rapidamente tomava conta de todo o céu. Uma neblina fria começa a cair. Bruscamente, tudo ficou muito escuro, Chico não tinha a menor ideia para onde seguir. Tateou ao seu redor em busca do cachorro. Nada! Nenhum sinal do antes fogoso peludo.

_Agora é que quebrou dentro, não tenho o cajado e de quebra o petulante cachorro desapareceu. -Naquela tresloucada caminhada, Chico tinha aprendido muita coisa. Tateou mais um pouco para o lado esquerdo e deparou-se com algo, muito parecido com uma corrente presa numa coleira de cachorro. Foi apalpando, apalpando, até segurar com firmeza, algo se mexoa. -Se perguntava:

“O que será?”

Não era animal grande, ouviu grunhidos, suspirou aliviado. Era o cachorro que estava preso a uma coleira, a que ele estava segurado. Como cego era guiado pelo cão. O lugar estava terrivelmente escuro, não sendo possível ver nada, menos o cão que era exímio conhecedor daquele lugar, com segurança o guiava. Depois de muito caminhar o cachorro parou, Chico quase pisa em sua pata traseira, o cão grunhiu e Chico sentiu forte cheiro de lírio e outras flores mais.

_Caramba! -Sussurrando, exclamou:

_Não vejo nada! Tá muito escuro, não visualizo nenhuma estrela. Porcaria! Como eu poderia enxergar, estou com os olhos fechados? Sou mesmo um tremendo imbecil.

Ao abrir os olhos, ficou surpreso, estava em frente ao cemitério. Sem pensar duas vezes, encaminhou-se para sua casa. Achava ter passado muito tempo fora: uma semana, um mês, quem sabe? Tudo parecia ser muito louco. As casas, as árvores, todos estavam em silêncio. Tinha a impressão de caminhar numa cidade fantasma. O canto do galo o trouxe a realidade, estava em frente de sua casa. Procurando ser silencioso entrou pela cozinha, a porta estava entreaberta, não foi preciso chamar por Mulata.

Tinha a vaga impressão, que a qualquer momento, iria cair num precipício. Encaminhou-se ao banheiro, um banho faria bem, verdade, o banho o fez voltar à realidade, o zum, zum, zum em sua cabeça, estava amenizando, agora, podia ouvir e ver as coisas com clareza.

Ao entrar no quarto, viu sua Mulata embrulhada num lençol de cambraia bordado a mão, ela ressonava, o lençol macio modelava seu corpo, a contemplou, conferiu os mínimos detalhes. Afagou suavemente o rosto de sua mulher.

No dia seguinte, às sete da manhã sentiu aquele aroma tão peculiar. Cheiro de café, acompanhado de tapioca ao leite de castanha do Pará.

A mesa parecia estar diferente. Não, não estava. Era apenas impressão. Para ele, tudo estava muito alegre, a vida tinha outro tom, o sorriso de sua Mulata, o canto dos pássaros. Ele nunca esteve tão apaixonado pela vida. Achava que deveria valorizar cada minuto. Cada segundo era muito importante, não queria desperdiçar nada.

_Você me amou como nunca! O que andou fazendo por aí?

_"Será que tudo aquilo aconteceu em apenas aquele pedaço de noite? Não é possível!

Preso em seus pensamentos, não queria ser desagradável com Mulata. Olhou pra ela e sorriu, Mulata retribuiu.

_O café está uma delícia.

Finalmente ouço a sua voz! Político que não fala, termina perdendo a eleição.

_Mulata, quero te dizer uma coisa muito séria.

_Que coisa tão séria é essa?

_Não vou mais concorrer a cargo nenhum.

_Você enlouqueceu! Que história é essa? Fala sério!

_Nunca falei tão sério em toda a minha vida. A política só serve para separar as pessoas, só traz dissabores. Ao mesmo tempo em que aproxima, também afasta. Não quero isso pra nós.

_Você tem o meu apoio, disso pode ter certeza. Onde você estiver, estarei junto. -Carinhosamente Mulata afagou a mão do marido, trocaram olhares maliciosos e voltaram à cama novamente.

Na casa do Coronel Tibúrcio

_Coronel Tibúrcio, Coronel! O senhor não sabe da maior!

_Que maior, tão grande é esta que você se refere?

_O senhor nem imagina!

_Imagino o quê?

_O Chico Jurubeba.

_O que é que está acontecendo com ele? O que ele fez desta vez?

_Nada, ou melhor, pode fazer muita coisa.

_Diga logo, desembucha, fala de uma vez!

_Coronel, acho que ele não vai mais concorrer.

_O quê? Que história é esta? O compadre Chico vai desistir? Mas por quê?

_Não sei, Coronel! Sei apenas que ele vem lhe falar, só estou adiantando.

_Fez muito bem. -O Coronel chamou o guarda-livros e mandou que ele abonasse um ponto para o Pedro Jutaí.

_Bote um ponto para o Pedro.

_Mas só um ponto, Coronel?

_É, a notícia não é muito boa. Sendo assim, só um ponto.

_Certo Coronel, esse ano, vou fazer mais do que o passado.

_O homem de cabelos crespos e estatura franzina saiu às pressas, despedindo-se e foi embora feliz da vida. Chico pensava na decisão que ia tomar, seria de caráter irrevogável. Certamente que muitos iriam ficar frustrados com ele, principalmente o padre Leopoldino. Afinal de contas a vida tem dessas coisas, Chico tinha certeza de que logo o povo esqueceria aquela sua faceta, de ser candidato. O seu plano celestial era muito mais comprometedor, o outro era, apenas, o outro.

_Nos últimos dias tinha evoluído muito, ao longe ouvia o murmúrio das. Chico pode observar as centelhas que, de forma oblíqua riscavam o firmamento. Como são podres e idiotas! Desconhecem eles, a bela e ostentosa maravilha que existe do outro lado. Se parassem para pensar, pelo menos por um instante, certamente...!

_Um tropel de cavalos o fez voltar à realidade, deixou de lembrar de sua peregrinação. Mesmo louco para muitos e idiota para outros, Chico sabia admirar as coisas belas e majestosas criadas pelo onipotente.

_Os outros candidatos, da chapa de Chico, fizeram acirrada campanha contra Chico. Diziam, que Chico estava doido, deliberadamente pediam que não votassem em seu nome. Os enciumados queriam que Chico se desiludiu e renunciasse. Depois de longa conversa com o reverendo, Chico continuava na disputa. Finalmente, chega o grande dia; o dia da eleição.

_O coronel Tibúrcio mandou matar mais de vinte bois, era a maneira de prender parte dos eleitores. A comilança ia acontecer na sede do clube Ponta Fina. Atendendo ao pedido do padre, os dois lados tinham palavreado uma trégua, melhor maneira de evitar malquerenças. A votação transcorreu sem nenhum incidente grave.

_Encerrada a votação as urnas foram acompanhadas pelos fiscais dos dois lados, elas as acompanhariam até a cidade vizinha, local de apuração dos votos. Muita demora, só depois de quatro dias, é que iniciaram a contagem. Finalmente foi aberta a primeira urna; vantagem para o Coronel, em três votos, na segunda, Sebastião Peneira tomou a dianteira em doze votos.

_Finalmente, a última urna seria apurada, Sebastião Peneira mantinha-se na dianteira com 58 votos, o coronel Tibúrcio estava desolado, não contava com aquele cruel resultado. Os partidários de Sebastião comemoravam, soltavam fogos e davam vivas ao futuro mandante do município. Sebastião Peneira, também fez a maioria dos vereadores. Elegeu quatro, ficando as outras três vagas para a coligação de Tibúrcio. Para surpresa de todos, o nome de Chico não figurava entre os mais votados.

_Apenas o Pena Forte, Casca Dura e outro novato que não era Chico Jurubeba. Chico ficou transtornado, cabisbaixo, voltou para casa com a certeza que tinha sido roubado.

_Dias depois, no preparativo das posses, depois da celebração, os novos eleitos iam prestar juramento. O pastor e seus seguidores não foram permitidos a falar. Um deles quis se alterar puxando pela bíblia os católicos fervorosos se revoltou obrigando os evangélicos atravessarem o rio a nado. Acalmado o incidente, padre aconselhou o novo prefeito, pedindo que governasse com justiça e lealdade, respeitando a vontade da maioria e não subestimando a minoria.

Dias depois da posse no gabinete do prefeito:

_Bom dia, padre Leopoldino! -Falou cortesmente o prefeito pedindo que o padre sentasse em uma cadeira ao seu lado.

_Bom dia! Senhor prefeito, como estão indo as coisas no seu primeiro mês de trabalho?

_A bem da verdade, ainda não pude fazer quase nada.

_Como assim? -Surpreendeu-se o padre.

_É que o pessoal está muito mal acostumado, muitos acham que o prefeito é o pai, a mãe e o padrinho. Um quer ser isto, outro aquilo mais, daí por diante.

_Não me diga! -Brincou o padre Leopoldino.

_Claro meu vigário, verdade.

_Que coisa!

_Devemos administrar com esperteza. Só assim podemos fazer uma administração próspera.

_Esperteza! Como esperteza? -O padre estava surpreso, pensou:

"Será que, este filho da mãe também vai querer roubar"?

_Estou cercado de espertalhões. -Prosseguiu o prefeito.

_Estou cercado de pessoas que só veem no município uma forma de ganhar. É um engolindo o outro, o senhor nem imagina! Depois que você se elege, todos correm pra cima. Um quer ser isto, outro quer ser aquilo e o outro aquilo mais. Determinada vez perguntei se eles não queriam o meu lugar, não é que apareceu um engraçadinho respondendo que sim. Meu querido padre!

INTERESSADO NO ASSUNTO

_Estou num beco sem saída, isto aqui é coisa de louco! Agora sei, cada povo merece o governo que tem.

_Mas, afinal de contas, o que o senhor quer de mim? Não me diga que o senhor só me chamou aqui pra falar essas lamúrias, foi?

_Claro que não reverendo! Eu estou atrás de uma pessoa de pulso, de uma pessoa que não se corrompa.

_E o que tenho a ver com isso, meu prefeito? Os cargos de confiança são de primazia do prefeito, só ele pode nomear.

_É seu padre! É isto que quero falar com o senhor. Eu gostaria que o senhor fosse à casa de Chico Jurubeba.

_Fazer o quê?

_Que o senhor falasse com ele para ele ser o secretário administrativo. Ele é sério, respeitado, fala bem, sabe o que diz e pisa no chão devagar.

_Sim, ele é sério, respeitado..., não sei se por todos, mas ele foi seu adversário. Você já pensou na repercussão? O que os seus correligionários irão dizer?

_Já tenho tudo arquitetado, basta o senhor convencê-lo.

_Não sei não! Igreja é igreja, prefeitura é prefeitura, o clero não se envolve.

_Mas, pelo menos tente.

_Vou ver! Não me comprometo. Vou falar com ele.

_Tudo bem, se o senhor não convencer, o senhor será o meu secretário. -O padre fez cara de desanimado.

_Fico contente em saber que o senhor está cultivando estes pensamentos! Suas ideias são boas, mas eu não posso aceitar. Não posso cobrir um santo, descobrindo o outro. -Sorriu Sebastião Peneira enquanto lhe oferecia uma xícara de café.

_Se o senhor cobre, descobre e torna a cobrir! Pouco importa, o certo é que preciso de gente honesta e de confiança para trabalhar comigo. Fale com ele, faça seu milagre mais uma vez.

_Que sondagem nada, seu prefeito, lá sou homem..., quero dizer padre..., de sondar ninguém. Eu vou logo direto. Se der, deu se não deu não dá! -Os dois sorriram.

_Então me faça este favor. A mim não, ao povo. -Uma hora depois, no boteco Palha Fina.

_Pessoal! Vocês não sabem da bomba!

_Que bomba? Falaram de uma só vez uns cincos bebericadores que tragavam demoradamente seus copos de cachaça e como o Purgante não respondia voltaram a insistir:

_Fala, rapaz! Fala logo! Desembucha, diz o que é de tão engraçado! -Zé Bigode, o mais astuto do grupo, usando de seu costumeiro tato, armou seu velho mais eficiente truque; desdenhou do Purgante, ele não gostava.

_Ele lá sabe de nada! Ele só quer aparecer, deve ser mais uma de suas lorotas, isso é mais uma de suas lambanças. -Caíram na risada. Mais uma vez o truque foi infalível. Purgante com cara de zangado começou a falar.

_Pois vou contar, o prefeitinho Peneira, vai chamar o Juruba pra ser seu assistente. -Huuummm! Todos se mostraram surpresos.

_Não diga! É mesmo, verdade? Maliciosamente indagou Pedro Queixo Fino, um vendedor de tabaco.

_Craro! Quando foi que minto?

_É mesmo! Você nunca mente! Meninos, isso vai ser uma bomba. -Era a voz forte e compassada de Matias, um exímio jogador de bilhar. Era o recordista, marcou trezentos pontos em uma só jogada.

_Vai ser não! Já está sendo, será que o danado se vendeu? -Agora, era o Tamilcas quem falava, vivia só do jogo de azar, era considerado o rei do carteado.

_Não, o Chicute não é homem de se vender, não acredito. -Replicou Pedro Queixo Fino. Era fino em pegar galinha dos outros.

_Olha! O padre vai em direção da casa dele, o que o reverendo vai fazer lá?

_Quem sabe Matias, ele vai consolar o coitado. Quem diria que ele perderia esta eleição?

_Perder? Ele não perdeu! Tiraram dele, isso é verdade. Só lá de casa ele teve cinco votos. -Falou Antonio Tamuatá, sobrevivia de fazer carvão.

_Vai lá perto purgante, vai ouvir o que o padre vai falar com ele, se é que vai mesmo pra lá! -Purgante era muito bem mandado, principalmente quando se tratava da arte de espionar. Realmente o padre se dirigiu à casa de Chico Jurubeba.

_Entre padre! O Chico está lá atrás, está secando umas raízes, pode entrar a casa é toda sua.

_Obrigado dona Mulata. -O sacerdote se dirigiu até onde estava o Chico.

_Bom dia, Chico.

_Bom dia, padre Leopoldino! A que devo esta visita?

_Não é uma visita, vim falar com você.

_Pois não padre, o senhor está falando, fique à vontade.

_O prefeito quer falar consigo filho.

_Comigo? O senhor sabe do que se trata?

_Sei.

_Então fale, estou ouvindo!

_Você nem acredita no que vou lhe dizer.

_Se é o senhor quem diz, acredito sim, pode falar.

_Ele quer que sejas seu secretário administrativo. -Chico abriu a boca, arregalou os olhos e disse:

_Deixe de brincadeira, o senhor não vê logo que quem falou isso para o senhor está lorotando?

_Não! Não é lorota não, é pura verdade.

_E como o senhor pode ter tanta certeza?

_Foi ele mesmo quem me falou. E tem mais; se você não aceitar, vou ter que ser o secretário dele. Só que não posso.

_Eu, também, não!

_Mas por que não, filho? Ele está cheio de boas intenções...,

_De boas intenções o inferno está repleto. Ao ouvir a palavra inferno o padre se benze.

_Ele não confia no seu próprio povo, ou seja, naqueles que estão bem próximos dele.

_Isto não é uma armadilha?

_Acredito que não. Ele foi muito sincero, disso tenho certeza, pode acreditar.

_Mas, padre! Nunca fui secretário de ninguém! Além do mais, será que ele vai concordar com o meu modo de trabalhar?

_Pela conversa dele, acredito que vocês vão se entender muito bem. E quanto à sua formação, tenho certeza de que você vai dar conta do recado, aprendeste muito nesta campanha. Digo mais, você está muito bem preparado, até para exercer o cargo de prefeito. Conheces as principais leis.

_Não sei não, meu bondoso padre.

_Eu não estou sendo bondoso, estou sendo, é sincero. Quem sabe, não é desta forma que Deus está fazendo justiça com você?

_Como assim?

_Nada. Deixa pra lá. Você aceita ou não aceita? Ele quer logo a decisão. Pretende o mais cedo possível, dar andamento aos trabalhos.

_Está bem, se o senhor acha que devo aceitar, aceito.

_O senhor pode marcar com ele a hora do encontro.

_Enquanto isso, na prefeitura os caciques cercavam o prefeito.

_O senhor não está falando sério. O Chico Jurubeba vai mesmo ser o seu secretário? -Perguntou Francisco Leitão, voz áspera e testa franzida.

_Meus amigos, vocês devem ter calma. Tenho que dividir o bolo em fatias iguais. Não é assim que vocês falam? Como é que vocês acham que ganhamos esta eleição?

_Com o nosso apoio. -Responderam todos.

_Sim com o apoio de vocês e de alguém mais.

_Como de alguém mais? -Perguntou o Presidente da Câmara, que também era o vice-prefeito.

_Seu Antonio Virnalha, as coisas não foram assim tão fáceis. E graças ao apoio de muita gente, que na época não queriam aparecer na campanha, hoje estamos aqui.

_Os de cima da cerca. - Respondeu Pedro Bufete, outro vereador e secretário da câmara.

_Não, não estavam sobre o muro, estavam trabalhando pra nós e, agora, não podemos deixar esse pessoal do lado de fora. Vocês têm seus cargos, já estão eleitos.

_Agora, vamos mostrar trabalho! Este povo merece, vocês não acham? Neste momento o Chefe de Gabinete anunciou a presença do padre Leopoldino.

_Por favor, mande-o entrar.

_Bom dia, senhores, mais uma vez bom dia, seu prefeito. -O padre apertou a mão de todos em seguida sentou-se próximo ao vereador Antonio Virnalha. O prefeito quebrou o silêncio.

_Então seu padre! O Jurubeba aceita ser o nosso secretário? -O padre sentiu que o prefeito já tinha dado a volta por cima, era dono da situação, sem fazer rodeios, foi direto.

_No início ele relutou, mas depois que expliquei melhor, ele concordou em vir falar com o senhor.

_Explicou melhor o quê, seu Padre? Perguntou Antonio Virnalha.

O padre

_É que o Chico não sabia que o cargo de secretário era do padre. Este cargo eu já tinha me comprometido com o padre. Disse-lhe que, se fosse eleito, ele ou uma pessoa apontada por ele, seria o meu secretário. Deu certo, ganhamos e agora estou cumprindo o prometido. Nada mais, nada menos, do que saudando minha dívida, digo nossa dívida.

_Bateu numa campainha e o chefe de gabinete entrou e recebeu expressiva ordem para mandar bater a portaria nomeando o senhor Chico Jurubeba secretário de administração. Em seguida pediu ao padre que a posse do Chico acontecesse na igreja, depois da missa. O padre concordou. Seu semblante era de felicidade, mesmo tendo que concordar com uma mentirinha do prefeito. Deixou passar, afinal de contas, ninguém é de ferro.

"Só vou concordar porque a causa é nobre, é só uma mentirinha, perdoe meu Senhor, perdão". -O padre pensou em silêncio:

_A cidade toda estava em polvorosa! Uns a favor do Chico Jurubeba na secretaria, outros não. O coronel Tibúrcio estava fora da cidade, ninguém próximo a ele se manifestava.

A homilia do padre Leopoldino foi voltada ao trabalho, dedicação e solidariedade. Chico estava ladeado pelo prefeito Sebastião Peneira, esposa e também o vice-prefeito. Como já estava acertado, o padre leu a Portaria que nomeava Chico secretário de administração. Após a leitura, o padre liberou a palavra ao prefeito.

_Meus irmãos em Cristo Jesus, este momento é de muita expectativa em todo o nosso município, sei que muitos perguntam, porque o Chico Jurubeba? Estou apenas mostrando que um município se governa com o povo inteiro, e é assim que quero governar, com todos e fazendo um governo para todos. Uma administração aberta e transparente..., -O prefeito prosseguiu seu discurso:

_O amigo Chico foi candidato do outro lado e, certamente não votou em mim, o que é bastante natural. Todos vocês poderiam ser meu secretário, todos! Qualquer um aqui poderia. Mas se vamos botar alguém do outro lado, por que não, o senhor Chico Jurubeba?

_Acompanhei o trabalho de campanha desse cidadão e ele nunca jogou pedras em ninguém. Apenas mostrava o seu fiel compromisso com a nossa terra, com a nossa gente..., era segunda-feira, o primeiro dia de trabalho de Chico.

_Senhor Prefeito, tem este convênio para responder.

_Faça um estudo minucioso, se for bom responda

que sim. Do contrário, diga não.

_Outra coisa! Teremos que reduzir os gastos. Este mês vamos fechar com déficit. Marque uma reunião com o tesoureiro pra hoje à tarde, aqui mesmo na prefeitura, às 17 horas. Rapidamente o prefeito volta atrás.

_Não! Marque para as dezoito horas, também faça um levantamento, minucioso, do quadro de funcionários. Quero que você marque um encontro com todos os co-ordenadores de comunidade para o primeiro domingo do mês que vem. Na pauta, edite o seguinte: que eles tragam três necessidades prioritárias para serem resolvidas em suas regiões e outras três para o ano que vem.

_Mais alguma coisa?

_Sim! Marque uma reunião com todos os comerci-antes, neste sábado à noite, às oito horas aqui na prefeit-ura.

_No gabinete do prefeito

_Aqui estamos seu Prefeito, que reunião é essa? - Mão na campainha, e logo entra o Chefe de Gabinete.

_Seu Lucas, chame o Chico.

_Sim senhor. -Chico entrou, cumprimentou a todos.

_Senhores, vamos ser bastante sucintos e direto ao assunto.

_O prefeito entregou, a cada um dos presentes, um papel contendo sua decisão: ficava o secretário de admin-istração responsável direto pelas requisições. Todos assi-naram e devolveram ao prefeito, que determinou:

_Agora, os senhores vão se reunir com Chico

Jurubeba. Ele já tem todas as instruções. Obrigado pela presença de todos. -Momentos depois da reunião, os três secretários conversavam:

_Eu achava que ser secretário era coisa fácil, pensava que a gente só mandava.

_Eu também. -Queixou-se o da educação.

_Imagina só, como vou visitar todas as escolas!

_Mas é isso que ele quer. -Retrucou o da agricultura. "Até que estou gostando da ideia" -Falou o Dr. Massuda, secretário de saúde.

_Cadastrar toda a população e ainda fazer o quadro individual de cada um. Será difícil, mas bastante lucrativo. O município vai ganhar muito, e, com certeza, no futuro vamos economizar bastante, boa ideia, aprovo.

_É! O senhor que é doutor pode falar assim, quanto a nós? Como vou me atar pra fazer esse tal de programa da agricultura?

_Aprenda! Procure aprender. Tenha como exemplo o Chico. Ele está demonstrando muita capacidade. Ele, não é formado em nada. -Falou sorrindo o Dr. Massuda, sujeito alegre, muito brincalhão e bastante dedicado.

_Meus irmãos, o prefeito está nos avisando de que, na semana que vem, vai haver um encontrão aqui na sede.

_Disse para as comunidades apresentarem seis pedidos. Sendo, três para este ano e os outros para o ano que vem. Enquanto isso nas comunidades:

_E o que é que vamos pedir? -Perguntou seu Peixoto, um coordenador antigo.

_Sei lá! Até acho que aqui está tudo bom, não falta nada! Vejam, aí! O que a maioria decidir, aceito. -Era o Pedro Marinho, ex-coordenador.

O tão esperado dia da reunião chegou, o pessoal do interior compareceu em peso..., o prefeito no centro, ao seu lado esquerdo, o vice e o contador. O prefeito foi breve, não fez discurso. Apenas agradeceu a presença dos oito coordenadores. A voz do prefeito era segura e clara. Concluiu, dizendo:

_O secretário de administração é quem vai presidir a reunião. Com a palavra, o senhor Chico Jurubeba do Desterro Freitas.

_Chico foi recebido com muitas palmas. Isso era um bom sinal.

_Obrigado e bom dia. -Bom dia! Responderam todos.

_Espero que os senhores não tenham encontrado dificuldade em chegar até aqui. Então, vamos ao que importa. O secretário pediu que o contador apresentasse o quadro financeiro que encontraram na prefeitura. que fosse claro e sucinto, o contador apresentou o que chamou de caixa quebrada.

_Temos uma dívida no montante de 80 mil cruzeiros, incluindo fornecedores, funcionários em atraso e outras contas.

_Por favor seu Orninco, queira destrinçar este peru. O pessoal aqui não está entendendo muito esta sua linguagem. Seja claro, procure falar o nosso idioma. -O contador quase perde a linha, não esperava que a coisa tomasse esse rumo, com os mínimos detalhes falou das contas da prefeitura.

_Seu Orninco, quanto temos em caixa? -Perguntou Chico.

_80 mil, fora a receita do mês em curso.

_E o que estamos devendo? -Pergunta Sebastião Peneira.

_Nada pendente seu Prefeito. Nada, seu Prefeito, apenas o já exposto. -Muitas palmas! Olhares atônitos, nunca tinham presenciado uma coisa dessas, aquilo era muito estranho.

Toda movimentação financeira da prefeitura tinha sido apresentada, quinze minutos para as treze horas, o prefeito encerrou a primeira parte dizendo que na parte da tarde estaria presente.

Chico faz o comunicado final:

_Amigos, o nosso horário da tarde vai até às seis horas. Se houver necessidade, entraremos pela noite.

_Pela parte da tarde: Chico continuava falando..., "o Tribunal de Contas não sabe quem é Pedro nem Zé, também não sabe ao certo, onde fica a escola essa ou a escola lá, também não sabe se o trabalho foi realmente concluído, nesse ou naquele lugar. Se o documento estiver assinado conforme as exigências da lei, eles aprovam".

NO BAR TUBARÃO

"Vou dar um pequeno exemplo: suponhamos que eu autorizasse que fosse efetuada uma obra na comunidade de seu Jacinto, e que o empreiteiro recebeu 200 cruzeiros, mas alguém mais que depressa, fez outro documento de 400 cruzeiros, imitando a assinatura do chefe, o que para muitos, não é nada difícil, pronto! Quem é que, lá no Tribunal, conhece o seu Jacinto? Viram como é fácil a ladroeira acontecer?"

"..., mas, com o recibo sobre aquela mesa, seu Jacinto e outros moradores de lá, podem acompanhar os gastos reais em sua comunidade. Desta forma, todos podem comprovar de verdade, se seu recibo foi alterado"

"..., de agora em diante, todos os recibos de compras e de pagamentos vão ficar expostos, ao alcance de todos. Deu para entender?"

"..., tem mais, todo eleitor deste município pode retirar, no banco, na hora e no dia em que quiser, o extrato bancário. Basta que pague a taxa bancária para a emissão do mesmo. Aqui está a Portaria, outra coisa, o prefeito Sebastião Peneira, está destinando uma verba para que vocês contratem um advogado para acompanhar, paralelamente, esse trabalho".

_Boa noite e que o trabalho, a união e a prosperidade permaneçam em nosso meio. Dou por encerrado este primeiro debate. -Enquanto, isso:

_Meu amigo, esse prefeito está doido! Não tá vendo! Quando, se fosse eu o prefeito, iria abrir as contas da prefeitura?

_Lamparina, se todos fossem iguais a você, estaríamos f..., digo fritos.

_Não votei nele, mas já estou arrependido. -Falou Managueira, um caboclo farofeiro.

_Cambota, uma rodada pra todos, por minha conta, em homenagem ao nosso, nosso, nosso..., pago outra rodada por um bom apelido ao nosso prefeito. -Todos caíram na risada.

_A notícia do prêmio correu longe, chegou à capital e, certo dia, chega à cidade, um repórter entrevistar o prefeito Sebastião, então afirmou.

_Meu secretário de administração não está equivocado, a premiação está de pé. Inclusive, se o amigo jornalista apresentar uma irregularidade em sua matéria, também ganharia o prêmio. -O repórter balançou a cabeça e perguntou se podia escrever aquilo.

_Nem só pode, como deve, acrescente, se a falha partir diretamente de mim, renunciarei. Pode escrever isto também.

_Mas, seu Prefeito! Isto vai ser um rebuliço e tanto!

_Será mesmo que vai?

_Não sei, não! Se a doença pegar, vai ser muito boa para todos. Posso tirar uma foto sua?

_Não! Foto, não! Escreva apenas no seu jornal o que você ouviu de mim, nada mais.

_Posso fazer mais uma pergunta?

_Vocês jornalistas, têm sempre mais uma pergunta a fazer. Claro que pode! Quantas o senhor ainda as queira.

_Qual a sua religião?

_Não tenho religião, acredito em tudo que prega o bem. Pensei que o senhor ia me perguntar outra coisa. -O prefeito sorriu.

_De que parte do Ceará o senhor é?

_De Crato.

_E qual era a sua atividade?

_Brigava muito com touro bravo.

_Quer dizer que o senhor era vaqueiro?

_Sim! Vaqueiro e do booom! De usar gibão, chapéu de couro e derrubar garrote pela mão.

_Pensei que o senhor ia falar outra palavra. Os dois se entreolharam e sorriram. Imaginou algum dia a vim ser prefeito?

_Sempre sonhei em ajudar meu próximo, fazer algo de bom para o meu semelhante.

_Quando terminar o seu mandato, o que o senhor pretende ser?

_A mesma pessoa de sempre, nem mais, nem menos.

_O que o senhor acha da juventude?

_Metade dela está perdida, só pensa no que não presta, quanto a outra só faz coisas boas.

_posso lhe fazer uma pergunta, posso?

_Sim! Claro, seu Prefeito, claro que pode!

_O senhor sabe contar?

_Claro, seu Prefeito, claro que sei. Fui bom aluno em matemática, por quê?

_É que o senhor já me fez dez perguntas, depois daquela que seria mais uma. Se o senhor me der licença, daqui a pouco tenho uma reunião. -O repórter se despediu e saiu se questionando; se aquele homem não falasse a verdade; iria pagar caro.

_Esse prefeitinho, de meia tigela, está querendo brincar com vocês. Onde já se viu abrir a porta do banco? Ele está mentindo, vocês vão ver só, se vai dar esse tal de recibo bancário.

_Recibo não seu Juca; extrato. -Corrigiu um membro da comunidade, que tinha participado do encontro.

_E tem mais: se ele se mantiver assim, vamos aprender como realmente administrar uma prefeitura

A grande aposta

_Cabra bom! -Falou Ermírio, um comerciante forte do lugar.

_Se ele é mesmo assim, nunca mais vou deixar de votar nele.

_É! Mas foram lhe pedir uma ajuda pra uma festa e ele não deu.

_Benfeito! Esse cara é um dos meus! Tudo o que querem, vão com o prefeito: se é pra parir, vão com o prefeito; se é pra casar, vão com o prefeito; se é pra viajar, vão com o prefeito; se é pra... vão com prefeito! Tudo é a prefeitura!

_É certo que o cargo de todos os servidores está pregado na parede da prefeitura?

_Claro Juca, é verdade.

_E quanto é que ganha o prefeito?

_Dois mil cruzeiros. -Respondeu Paraguassu, um velho prosista que a parte, acompanhava a conversa.

_Eu não disse? Ele só quer é se aproveitar. -O comunitário opositor, Juca Camiranga, não perdia tempo.

_Mas o senhor não sabe quanto o prefeito anterior ganhava, o senhor sabe?

_Sim, claro que sei!

_Era, era..., era uns 500 cruzeiros.

_Quer apostar como era mais?

_Aposto! O que você quiser.

_Olhe, não queira apostar, que o senhor vai perder.

_Interferiu, o comerciante.

_Aposto minha vaca Malhada, em cima do seu touro Buscapé.

_Fechado!

Logo o boato da aposta correu e todos na cidade ficaram sabendo que o Juca Camiranga tinha apostado sua vaca Malhada contra o touro Buscapé do Terdomino. Uma semana depois, Terdomino chega à comunidade trazendo a vaca malhada. O comerciante ofereceu 800 cruzeiros pela vaca, mas Terdomino não aceitou. Na prefeitura:

_Chico! Como é que os outros secretários se portaram, quando souberam que vou mandar instaurar uma investigação em cada secretaria?

_Acharam estranho, mas não se opuseram.

_Leve pessoalmente estas petições à câmara, no meu lugar, você agiria da mesma forma.

_Sim, senhor! Agora mesmo! Mas como o senhor sabe que eu agiria assim?

_O prefeito não respondeu, apenas gesticulou positivamente com a cabeça. Choco levantando-se, se encaminhou rumo à câmara. O primeiro secretário quando tomou conhecimento do teor do documento, chamou o presidente. Já sabia que o secretário de administração estava na Câmara.

_Seu Chico, é um prazer tê-lo nesta casa de leis.

_Obrigado seu Presidente, estou aqui apenas cumprindo ordens do prefeito.

_Sim, senhor! E quais são as ordens?

_Nada tão importante, só quatro encaminhamentos.

_Do que trata a matéria, seu Chico? -Chico entregou os expedientes ao presidente que ao ler, arregalando os olhos, disse:

_Não é possível! O nosso prefeito está louco! Desculpe, quero dizer..., O presidente não concluiu seu raciocínio, Chico adiantou-se:

_Não, Excelência! O prefeito Sebastião Peneira está querendo é transparência no seu governo. Apenas isso.

_O presidente botou os expedientes do prefeito em discussão. Joaquim Queiroga pediu a palavra. Se intitulava líder do governo, o prefeito Sebastião Peneira não se importava, tanto fazia.

_Com a palavra, sua excelência, o vereador Joaquim Queiroga. Pode se pronunciar vereador.

_Na qualidade de representante do governo municipal, não tenho quase nada a falar a respeito da proposição aqui apresentada pelo eminente secretário de administração, senhor Chico! Digo, excelência! Afirmo aos senhores, não saber de nenhuma irregularidade neste governo, principalmente, envolvendo estas secretarias. Por isso, voto pelo arquivamento deste processo. Tenho dito e muito obrigado.

_Peço a palavra, excelência.

_Com a palavra o vereador Antonio Tralheira.

_Antônio Tralheira, tinha sido eleito pela coligação do Sebastião Peneira.

_Senhor presidente, senhores secretários, caros colegas vereadores. Esta casa se depara com uma proposta inusitada, nunca vista até os dias presente, e, acredito, dificilmente acontecerá pelos futuros sucessores. Tudo podia-se ver acontecer, menos o prefeito pedir a formação de uma Comissão Parlamentar? Pergunto...; será que nós vereadores estamos atuando, ao ponto de o próprio executivo pedir, deste poder mais atuação? Que sirva de reflexão. Meu voto é sim! Voto pela aprovação da matéria. Já pensou se isso cai nas mãos da imprensa? O que eles não irão dizer de nós? Até parece que estou lendo a manchete: 'vereadores, despreparados não aprovam investigação solicitada pelo Executivo', obrigado.

_Peço a palavra, excelência.

_Com a palavra o vereador Pena Forte. -Pena Forte era líder da oposição e o homem de confiança do coronel Tibúrcio, que até o presente momento, não tinha botado a cara na cidade, desde a sua humilhante derrota para Sebastião Peneira.

_Membros da Mesa Diretora, senhores vereadores, o que ora vivenciamos, nada mais é do que o sinal claro e evidente da incompetência e naturalmente que mais uma facécia do tão atuante prefeito, se não obstante, aí vêm seus impetuosos anúncios de transparência desse governo, agora, ele e suas matracas, querem que engulamos mais um ato insensato, pra não dizer insano, ou quem sabe até mesmo irresponsável..., o que o gestor municipal está querendo insinuar? Pensa ele e seus prosélitos, que vamos servir de acéquia para que eles possam navegar livremente neste escabroso rio da obscuridade, sem falar do grande pretensioso que o é. Mesmo assim, pra ver até onde tudo isso vai chegar, sem desviar minha conduta, tampouco minha forma de pensar, e, para não dizerem que só falei de flores e sim querendo ver onde essa patuscada vai acabar, voto sim. -Casca Dura parabenizou o colega de bancada e baixinho, falou:

_Você disse tudo o que eu gostaria de falar.

_Continua em discussão..., como ninguém mais discute, em votação: quem aprova continue como está. Aprovado. Convoco os senhores vereadores para uma reunião de caráter extraordinário, logo mais às dezesseis horas.

O presidente deu seguimento à reunião. Chico, pediu licença e retirou-se. Momento depois chegou à prefeitura. Momentos depois na prefeitura.

_E aí Chico! Como foi lá? -Perguntou o prefeito.

_Ficaram surpresos, não esperavam por esta iniciativa.

_Eles ainda vão ter mais surpresas.

_O senhor vai enlouquecer os vereadores.

_Enlouquecê-los não vou, mas fazer com que eles trabalhem, tenha como exemplo, a escolinha do Jenipapo: a obra estava orçada em um valor, eles fazem pela metade, o resto embolsam. Isso tá certo?

_Nem vou responder! O senhor já sabe minha opinião. O Dr. Destilio não está satisfeito. Ele acha a contratação do outro advogado um desperdício.

_Ele pense o que quiser, se não estiver satisfeito, peça as contas..., a população gostando é o que importa, governo para o povo..., -Chico confirmou com a cabeça.

No penúltimo ano de governo, o povo estava contente. O Peneira agia certo, só para a minoria que não. A noite estava enluarada. De tão clara, podia-se ver uma agulha no chão. O quintal era grande e cheio de árvores frutíferas, mas parecia um vergel. Com este mapeamento, teremos uma visão total de todos os habitantes, e, quando um paciente for procurar o médico, ele vai acompanhado de sua FP, contendo o seu quadro clínico. Assim sendo, o técnico levará bem menos tempo e seu diagnóstico vai ser eficiente e preciso. Segundo o Dr. Tenório, precisaria fazer umas pequenas adaptações nas chamadas fichas padrão.

Em seguida, falou o secretário de agricultura:

_Quem viu isto antes, certamente que vendo agora, não acreditaria.

_Mesmo assim, tem muita gente que não acredita em políticos. Tudo é muito digno, principalmente quando se faz com lealdade ao nosso semelhante. É digno curar alguém que sofre, alfabetizar quem não sabe ler nem escrever, é digno trabalhar pelo semelhante. Chama-se, a isto, evolução interior. -Ao ouvir as palavras evolução interior Chico sentiu um frio percorrer em sua espinha e imediatamente, respondeu:

O TEU ALGOZ VAI TE APUNHALAR

_Vai pro inferno! -Risadas, menos Chico e Sebastião Peneira. Minutos depois se despediram, quando Chico ia se retirando, o prefeito o chamou.

_Temos um assunto sério pra tratar. -Aquele tom de voz era estranho e ao mesmo tempo peculiar, já tinha ouvido, não sabia onde. Sebastião Peneira pegando no ombro de Chico, pediu que sentasse. Depois de um pequeno silêncio, o prefeito voltou a falar:

_Nos conhecemos há tão pouco tempo, você não sabe de onde venho.

_E o que isso tem a ver? -Chico tentava disfarçar, mas já tinha lembrado do tom de voz e da frase.

_Jurubeba, agora que você descobriu. Vou ser direto. Roubaram seus votos, presenciei tudo. Era pra ser o mais votado, mas, nesse círculo vicioso, tiraram a chance de ser um dos melhores vereadores deste município.

_Como o senhor pode afirmar? Como pode ter tanta certeza?

_É o óbvio.

_Como assim?

_O nosso tempo aqui neste plano terminou, é chegado o momento da segunda partida: temos que ir. Não foi preciso muita explicação para Chico entender tudo, silenciosamente duas lágrimas rolaram pelo seu rosto.

_Porque choras?

_É que gosto muito deles! Eles precisam de muita ajuda, se eu pudesse gostaria de ficar um pouco mais.

_E, contraria o plano celestial? -Mais duas lágrimas rolaram.

_Os anjos não choram.

_Os anjos! Não, sou um anjo.

_Amanhã, às dez horas, tu irás te transformar em um anjo.

_Como assim?

_Vá ao lugar onde ficaste invisível, fique de costa.   O teu algoz vai te apunhalar três vezes; duas do lado direito e uma do esquerdo. No terceiro golpe, vire-se e contemple seu verdugo. Não sinta ódio, ele apenas cumpre o seu lado negro neste plano.

_Quem é ele?

_Tu já sabes. -O pensamento de Chico foi de encontro a uma imagem à sua frente: ele pode ver o rosto do Casca Dura. A sonora voz de Sebastião Peneira o trouxe à realidade e disse:

_Brevemente nos encontraremos.

_E..., como vai ficar?

_Eles já aprenderam, de agora em diante, muito poucos se atrevem a passá-los para trás. Eles saberão escolher seus representantes, ou melhor, cobrarão mais deles. O nosso tempo aqui terminou, exauriu-se, temos outras conquistas a fazer.

_Quer dizer que também vais morrer?

_Morrer não, fazer a passagem, depois do julgamento de seu agressor, vão construir uma estátua em sua homenagem, dizendo que você foi o homem que morreu se doando pela boa causa de todos: *"Chico Jurubeba, prefeito por acaso"*.

_E como vai ser sua morte?

_Queres dizer; transição.

_Sim!

_Depois de tudo isso feito, o coronel Tibúrcio manda me envenenar. O povo descobre, se revolta e o mata queimado, juntamente com Pena Forte e Casca Dura.

_E quando vamos nos encontrar novamente? - Apenas o silêncio.

_Chico deu um forte abraço no seu amigo e sem olhar para trás se afastou, só ouviu o murmúrio de uma voz forte, abençoando o filho quando vai partir.

_Os anjos não choram. -Chico sentia a lâmina fina e afiada do punhal dilacerando sua carne. A cada punhalada recebida sentia o aroma de lírios. A mãe era cruel e os fustigantes golpes forçaram Chico a desmaiar. Sua vista foi ficando turva, logo deixaria de enxergar as maravilhas deste mundo, apenas um som distante vindo de um instrumento desconhecido. Num último esforço, Chico   deu para ver o rosto de seu executor de costas se afastando e limpando a lâmina do punhal na perna de sua calça encardida.

_Olhou na direção oposta e viu Casca Dura tomando a forma horrível de um esqueleto de asas negras. Ouviu tropel, agarrou-se às crinas de uma égua rosilha e partiu. Longinquamente ouvia uma voz sonora, bastante conhecida. Era Mulata pegando no seu dedão do pé direito, falava:

_Home, acorda! Já é quase oito horas, vai vender seus remédios. Amanhã vou precisar de dinheiro pra fazer a feira. Ficaste a noite inteira só falando em política. Que é isso, aquilo e aquilo mais. Falastes tanto essa noite, que daria para escrever um livro.

F*im*